농부의 밥상

유기농 대표농부 10집의 밥상을 찾아서

유기농 대표 농부 10집의 밥상을 찾아서

농부의 밥상

안혜령 글 · 김성철 사진

소나무

숨어있듯 피어 있는 이름모를 꽃 한 송이

"먹는 법은 사는 법이다."

헬렌 니어링의 '소박한 밥상' 이라는 책에서 이 문장을 읽었을 때 나는 막 시골에 집을 마련하고 서울을 오가며 텃밭농사를 짓고 있었다. 난생 처음 농사를 지으면서 겪은 구구한 사연들을 늘어놓을 자리는 아니나 한 가지는 말하고 싶다. 마음의 평화를 얻었다는 것. 농사를 지으면서 처음으로 나는 사람이 자연 안의 한 생명체임을 실감했다. 만물이 어우러져 빚어내는 자연의 질서에 눈을 뜨고 그 완벽함과 아름다움에 가슴이 벅차 눈물을 쏟기도 했으니, 머리로만 이해하던 삶을 몸으로 체험함으로써 비로소 내 삶이 좀더 온전해짐을 느끼고 감사하기도 했다.

그러나 워낙이 천성이 둔하고 더딘 사람이라 쉬 떨쳐버리지 못하는 습대로 머릿속으로만 굴리고 있던 이 말이 진실임을 사무치게 깨닫게 된 것은 이 책에 소개된 여러 분들을 만나면서부터다.

이 분들은 모두 오래된 농부들이다. 자연농업을 하기도 하고 유기농 사를 짓기도 하고, 산 속에 틀어박혀 살기도 하고 공동체를 이루기도 하는 등 사는 모양은 제각각이나 그 뿌리는 다르지 않다. 자연에 대한 경외심과 생명에 대한 사랑. 이 마음이 삶의 바탕을 이루고 있으니, 첨단 기술과 거대 자본의 힘을 업은 물질문명이 세계를 휩쓰는 오늘날에도 삶의 근본으로서의 농사를 우직스럽게 지키고 있다. 자연의 섭리를 거스르지 않는 농사야말로 땅을 살림은 물론이요, 갈가리 헤쳐지고 찢긴 사람과 자연, 사람과 사람 사이의 관계를 회복하여 조화롭고 건강한 공동체를 살리는 길이라 믿는다. 그 지극한 마음을 나날의 생활에서 두루 실천하고 있으니, 대표적인 것이 밥상이다.

이들은 제 손으로 농사지은 것과 집 주위의 산과 들, 바다에서 나는 것들로 양식을 삼는다. 사철 푸르른 채소와 과일을 원하지도 않거니와,

고기를 굳이 거부하지도 않지만 무시로 즐기지도 않아서 명절이나 잔 칫날에나 상에 올린다. 한 발만 나서면 간편하게 다양하고 별난 갖은 음 식을 얻을 수 있는 이 대단한 세계화 시대에 이들은 번거롭고 고루하게 몇 날 며칠 걸려 된장 담고 장아찌 만드는 수고를 마다지 않으며, 철철 이 나는 채소와 나물을 말리고 삶아 겨울을 난다. 집집이 형편 따라 조 금씩 차이는 있으나, 음식에 관한 한 시장에서 사는 것을 최소화하여 자 급과 자립을 이룬다.

이들의 평범하고 조촐하나 건강한 밥상과 우리 전통 살림살이의 모 습이 생생하니 살아 있는 음식문화는 사실 아직도 농촌에는 드물지 않 게 남아 있다. 그러나 변산의 농부이자 시인인 박형진 씨는 "어촌 음식 의 원형질이 깨어진 지 오래"라고 말한다. 농촌은 좀 나을까. 도시에서 나 어울릴 채소 차량이 마이크 달고 논둑 밭둑 누비고 다니는 풍경이 낯 설지 않고, 웬만한 면소재지면 대형 마트 하나쯤은 자리잡고 앉았으니, 우리 농업이 생사의 길목에 서 있는 형편도 급박하거니와, 오랜 세월에 걸쳐 집집이 대물림해 오던 손맛과 입맛이 사라질 날도 머지않은 것 같 아 안타깝다.

인스턴트 식품과 육식 위주의 밥상의 폐해는 다시 말할 것도 없고, 식품의 기업화가 나날이 세를 넓혀가고, 삶의 내용과는 무관한 웰빙 바 람으로 유기농마저 상업화하고 있는 현상들이 염려스러운 것은 그 반 생명적인 가치관과 행태 때문이다. 임락경 목사가 "잘 먹고 잘사는 법" 이라는 소리는 사라져야 한다고 강조하는 뜻이 여기에 있다.

모든 가치가 돈으로 계산되고 자고 깨면 소비를 조장하는 이 진저리

나는 물신주의의 뿌리는, 자연을 유기체로서 전체적인 관점에서 보지 않고 인간 중심으로 보는 편협함과 오만함이다. 장자는 "도는 똥오줌에도 있다"고 했다. 생태학적 관점으로 보면 밥이나 똥이나 동등한 한 가치임을 명쾌하게 역설했으니, 지금 우리에게 필요한 것은 바로 이 눈이다. 자연계의 한 구성원으로서 사람의 불완전성을 받아들이고 다른 뭇 생명들과 조화롭게 어우러지고자 하는 겸허한 마음이다.

이 책에 소개된 분들 밥상에는 바로 이 마음이 담겼다. 이 마음을 도사인 양 저 혼자 꿰차고 앉은 것이 아니라 이웃과 마땅히 나누어야 한다고 여기며 실천한다. 그러므로 이들의 밥상에는 욕심이 없다. 세상 많은 사람들이 휘둘리고 있는 물질에 대한 욕망이 없다. 남이야 어찌 되든 저 혼자 배부르겠다는 이기주의가 없다. 땅이 죽고 물이 썩어도 당장 제 몸 하나, 제 입 하나 편하고 만족하면 좋다는 편의주의가 없다.

진도의 장금실 여사는 스스로를 "숨어 있듯 피어 있는 이름모를 꽃 한 송이"라 여긴다 하셨다. 번듯한 것 찾는 사람 눈에는 비껴가기 십상이나 그 자체로 아름답고 고귀한 생명이며 다른 풀꽃들과 어우러져 더욱 큰 아름다움으로 빛나는 꽃 한 송이, 이 책에 나오는 모든 분들이 그 꽃 한 송이다.

참으로 귀한 가르침들을 받았다. 나 또한 시골살림을 꾸려가는 주부로서 음식에 관한 다양한 지혜들을 알게 된 것도 감사한 일이려니와 부끄럽게도, 밥상을 포함한 살림의 중요성을 새롭게 깨달았다. 아울러 이분들의 삶을 들여다보면서 정체 모를 욕망에 사로잡혀 끄달리던 지난날의 상투성과 속물성이 낱낱이 눈에 뵈었으니, 이보다 더 큰 공부가 있을까. 다시 생각하면 뭘 해 먹는지는 중요치 않다. 제한된 삶에 어떤 마음을 내어야 이 온전한 자연에 합당한 한 존재가 될 수 있을지, 그 마음을 내면 먹는 것은 절로 따라오지 싶다.

이 책에 실린 글들은 본디 〈귀농통문〉에 2003년 봄부터 2006 봄까지 실렸던 글들이다. 애초에 기획 의도는 귀농하려는 사람이나 갓 귀농한 이들을 위한 밥상 안내였다. 귀농의 여러 가지 이유 중 하나가 시장 구조에 매이지 않는 삶임을 고려할 때 먹을거리를 제 손으로 길러 먹는 것은 자급을 위한 긴요한 길이 될 터인즉, 그들을 위해 오래된 농부의 밥상을 소개해 보이자는 것이었다. 그렇다고 해서 요리책을 염두에 둔 것은 아니고, 밥상을 통해서 그 삶을, 덤으로 농사짓는 법까지도 엿볼 수 있을 게라는 욕심을 냈다.

그러나 연재 당시에 이미 두 마리 토끼를 잡으려는 의도가 참으로 무리라는 것을 깨달았으니, 먹는 법이든 사는 법이든 양 쪽으로 다 허술했다. 마지막 원고가 끝나고도 꼬박 한 해가 흘렀건만 바뀌었을지 모를 각 댁의 형편을 따로 더 알아보지도 못했고 원고도 크게 손보지 못했으니, 허술하기로는 이 책 또한 크게 다를 바 없다. 혹시라도 이 책에 소개된 분들께 폐를 끼치는 일이 일어난다면 모든 책임은 전적으로 내게 있음을 밝힌다.

보잘 것 없는 원고들을 묶어 책으로 내기로 한 소나무 출판사, 말끔하게 전체 틀을 짜고 허술한 대목을 바로잡고 손질하여 책 꼴을 갖추게 해준 이혜영 씨에게 감사드리며, 여의치 않은 조건에도 불구하고 짬짬

이 두메산골과 외진 바닷가를 돌며 사진을 찍어 주신 김성철 씨 덕택에 이 책이 훨씬 풍성하고 아름다워졌으니 고맙기 그지없다. 자원봉사자들인 〈귀농통문〉 편집위원들, 늘 부족한 취재비와 빠듯한 일정 탓에 지역을 묶어 한꺼번에 취재하러 몰려다니면서 함께 나누었던 고생과 즐거움이 새삼 그립다. 무엇보다 나이도 먹을 대로 먹은 마누라가 어느날 느닷없이 내뱉은 농부가 되고 싶다는 한 마디에 기꺼이 길을 함께 해준 남편과, 매사 어수룩한 사람을 늘 따뜻이 응원해 주는 두 딸에게 감사와 사랑을 전한다.

여기 소개된 분들의 소박하고 건강한 밥상에 담긴 뜻이, 그이들의 맑고 진정한 삶이 이 책을 읽는 사람들에게 바로 전해질 수 있다면 더 바랄 게 없겠다.

2007년 새해 맞는 겨울 괴산에서

전남 진도 김종북, 장금실

밥은 평화

동광원과 풀무학교 생활을 지나 진도에 몸을 부린 지 20년이 된 부부는
이제 자식들 다 내보내고 훗훗한 살림을 꾸려가고 있다.
억지로 기교 부리려 하지 않고 자연스럽게 사는 삶을 농사에도 실천하고 있으니
이즈음 사는 맛이 새로워 나날이 평화롭다.

4월이라, 봄기운 한창 무르익을 이 무렵이면 김종북 씨와 장금실 씨 댁 밥상에는 늘 싱싱하고 상큼한 향내가 넘친다. 온종일 추적이던 빗날 굿는 저녁 무렵 이 댁을 찾은 객이 받은 밥상을 보자. 우선 한기로 으스스한 몸 달래줄 따뜻한 콩나물국이 얄팍하니 저민 마늘 동동 띄우고 올랐고, 배추김치와 무김치가 있다. 고추장과 된장이 한 종지씩 놓이고, 도톰하게 썬 날양파와 먹기 좋은 길이로 자른 달래가 각각 접시에 담겼다. 된장과 고추장을 섞고 찹쌀풀 쑤어 한데 무친 가죽나물이 또 한 접시. 그리고 큰 접시에 싱싱한 푸성귀가 가득하다. 상추, 쑥갓, 방아, 왕고들빼기, 샐러리, 가죽나물, 방가지똥, 참나물, 싱아, 고수.

푸성귀 몇 가지를 한데 모아 쌈 싸먹으려는 객에게 주인이 이른다. "섞어서 먹는 것보다는 따로따로 먹는 게 향이 더 좋아." "싱아가 쌀밥이라면 고수는 보리밥"이니 하나하나의 독특한 맛과 향을 맛보라는 자상한 배려겠다. "상큼하고 시원해." 안주인이 거든다. 이래서 객은 쌉쌀하고 아삭하며 새큼하며 달콤하고 아릿한 가지가지 푸성귀의 진한 향과 맛을 입 안 가득히 품게 된다. 음식의 풍미를 결정하는 요소 중 90퍼센트가 향이라 한다. 본래의 입맛을 잃어버리게 하는 가공식품들이 빠지지 않는 도시인의 밥상에 견주면 조촐한 이 밥상은 얼마나 건강하고 풍성한지.

이 푸성귀들은 모두 이 집 텃밭에서 자라는 것들이다. 맘 먹고 재배하는 왕고들빼기를 빼면 나머지는 한 번 씨 뿌려둔 채 굳이 돌보지 않아도 절로 잘 자란다. 부엌문만 나서면 지천인 이들을 손 가는 대로 뽑거나 뚝뚝 자르는데, "뭐든지 먹기 직전에 바로바로" 거두어 상에 올린다. 대체로 날것인 채로 올리는데 굳이 양념을 쓴다면 된장과 고추장, 기름 정도다.

그러나 "봄나물은 잠깐"이다. 양파도 대가 막 올라오는 요맘때라야 연해서 날것으로 먹을 수 있고, 방가지똥은 가시가 있어 좀 껄끄러우나 이즈음이면 먹을 만하다. 왕고들빼기 같은 경우, 여름에도 가지치기해서 순이 나오므로 얼마든지 먹을 수는 있으나 쓴 맛이 강해져 안 먹게 된다. 겨울을 난 상추나 배추는 추대 현상으로 꽃대가 올라오는 이 무렵 따먹는 잎이 봄에 씨 뿌려 자란 것보다 훨씬 맛이 좋은데, 그것도 5월까지다. 날이 물쿠기 시작하면 모든 봄나물이 억세지듯 상추도 쓴 맛이 돌기 때문에 그때면 우엉 잎 연한 것이나 호박잎이 쌈거리로 쓰이며, 봄나물을 대신해 오이며 호박, 가지가 밥상에 오른다.

이렇듯 갖가지 푸성귀를 철따라 두루두루 먹으려면 무엇보다 "심기를 골고루" 해야 한다. 식물도 사람처럼 일대기가 있어 맛있는 때가 따로 있기 때문이다. 요즘에야 일 년 내내 원하는 것은 무엇이든 먹을 수 있다지만, 예컨대 시금치 하나를 보더라도 비닐하우스 안에서 자라 연하고 부드럽지만 "밍밍한" 맛과 시린 땅 속에서 겨울을 나고 자라 좀 억센 듯하나 달보드름한 맛을 어떻게 비교할 수 있으랴. 제 철을 무시하고 자란 푸성귀에 대해서는 몸이나 입맛이나 전혀 "당기지를 않는다."

그렇다면 겨울에는 무엇을 먹을까. 겨울에 늘상 밥상에 오르는 것은 무와 배추를 재료로 한 음식이다. 특히 김치가 "좀 새금새금해질 때" 그 김치와 콩나물, 멸치를 넣고 끓인 국을 즐겨 먹으며, "무 하나면 다 끝

나"는 안주인은 부지런히 무국도 끓이고 고춧가루와 멸치 넣어 지지기도 하는데, 요즘 들어서는 날로 깎은 무가 먹기도 좋고 입에도 달다.

20년 쓴 찌글찌글한 양은 밥상

이 집 밥상이 주로 푸성귀로 채워지는 것은 우선은 "비린 거 안 좋아하고 느끼한 거 싫어"하는 김종북 씨의 입맛이 까다로운 탓이 크다. 거기에다, 고구마나 수제비로 주식을 삼던 지독히 "가난한 살림"을 꾸려오면서, 또 한 7년 풀무원에서 공동체 생활하면서 이른바 자연식이 몸에 익은 탓도 크다.

결혼하기 전까지도 잔약한 몸으로 "고기 없으면 못 사는 체질"이었던 장금실 씨는 도리어 각다분한 시절을 겪으면서 절로 "체질 개선이 되어" 허구한 날 달고 다니던 가지가지 병치레 끊은 지가 오래다. 도리어 이 호된 경험으로 그이는 "몸으로 가난한 삶이 참 좋다는 것을 배웠다." 그렇다고 해서 그이가 고기를 전혀 입에 대지 않는다는 것은 아니다. "몸이 요구하면" 언제라도 고기를 찾되 그 몸의 요구가 점차 뜨음해지고 있다는 말이다.

아들 넷 다 내보내고 홋홋한 두 부부 살림에는 농장을 가득 채운 푸성귀만 해도 벅찬 게 사실이다. 게다가 나이들고 보니 굳이 먹고 싶은 것도 없어지고 덩달아 먹는 일에 정성들이는 것이 부질없다고 여겨져 "맨날 같은 거 먹는다." 예전에야 세 끼 밥 꼬박 먹고도 중간에 새참을 따로 챙길 정도였으나, 진도에 자리잡고 난 이 20년 동안은 두 끼면 족하고 따로 주전부리하는 일도 없어졌다.

손님도 마찬가지다. "배 쫄쫄하니 곯아야" 밥 맛있는 줄 안다는 생각에 배고프도록 일을 시키기도 한다. 그래도 섬이라고 어쩌다 손님들 위해 읍내 장에 가서 생선 사다 회도 뜨고 매운탕을 끓여내기도 하지만 흔한 일은 아니다. 농장 안에서 미처 먹어보지 못한 풀이 있으면, 책을 읽고 "도사"라고 감탄한 황대권 씨마냥 "용감하게 골고루 먹어봐야겠다"는 생각에 상에 올리는 때가 있기는 하지만, 사실 맛나고 별난 음식에 대한 마음이 없다. 성경 속의 만나가 특별한 기적의 음식이 아니라 날마다 밥상에 오르는 모든 음식이라고 여기는 이들에게 달리 탐을 낼 음식이 따로 있겠는가.

음식뿐이랴. 이들 보기에 사람은 "탐욕으로 찬 존재"인즉, 불가의 가르침으로 보자면 스스로 번뇌를 끌어안고 사는 셈이다. 그러므로 이 부부는 무수한 욕망을 다 떨구어 몸과 마음이 비면 참으로 자유로운 삶이라 여긴다. 마음이 이러할진대 이들 사는 모양새가 번듯할 리 없다. 이들 보기에는 세상에 따로 "더러운 게 없다". "원리를 따지면 근본이 다 같은데" 집이고 옷이고 굳이 빛내고 치장하려 애면글면 할 일이 무엇이겠는가. 요란한 바깥세상 훔쳐보고 싶은 마음도 없어 구식 텔레비전 하나 있으되 안테나를 달지 않고 있다. 라디오 한 대면 족한 것을.

더 갖기를 원하지도 않거니와 있는 것 허투루 버리는 일도 없다. 이들이 오기 전 이곳에 살던 동광원 수녀들이 쓰던 걸레를 장금실 씨는 4

년을 더 썼고, 찌글찌글한 양은 밥상 하나 물려받은 것을 20년째 탈없이 쓰고 있다. 모든 음식찌꺼기와 하다못해 푸성귀 씻고 데쳐낸 물까지도 고스란히 한데 모아 밭으로 내거나 십여 마리 있는 진돗개 밥으로 긴히 쓴다. 이 댁을 찾았던 손님 하나는 무심히 김치 꼬랑지를 집어내었다가 은근히 눈치를 받아야 했던 민망한 기억을 아직도 잊지 못하고 있다.

'절로 절로'에 내맡기면 평화가 온다

이 가난한 마음은 이 부부가 믿고 섬기는 동광원의 가르침에서 빚어진 것일 게다. 기독교 공동체인 동광원의 창시자인 이현필 선생은 스스로 농사를 짓는 한편 늘 가난의 미덕을 강조했다. 김종북 씨는 그 동광원 출신으로, 임실 산골에서 농사를 지으며 마을 아이들을 가르치던 중에 선교 활동을 위해 근처 마을에 온 장금실 씨를 만나 부부의 연을 맺게 된다. 두 사람은 농사를 짓는 중에 함께 풀무학교에서 교사로 일하기도 했으며, 풀무원 공동체 초기에 구성원으로 살기도 했다. 그때 공동체 식구들을 설득하여 자급을 위한 농사를 짓기 시작했으니, 오늘날의 풀무원이 이루어지는 데 소중한 밀알을 뿌린 셈이다. 또 임실 치즈가 세상에 나오는 데에도 힘을 보탰으니, 우리나라 유기농업의 역사에서 이들의 역할이 참으로 크다 하지 않을 수 없다.

새로 몸 부릴 곳을 찾아 전국을 헤매던 중에 진도 동광원 터를 빌리게 되었으나 대신 야산을 낀 15,000평 농장을 떠안게 되었다. 그 농장 꾸려나갈 일이 보통 사람으로서는 엄두가 안 날 일이겠건만, 농사란 땅을 만드는 것이며, "쉽게 얻어먹을 생각 하면 도둑놈"이라는 평소의 생각대로 이들은 서슴없이 새로 논밭을 갈기 시작했다. 참 어려웠던 시절 보내고 몇 해 전부터는 단호박과 무를 한살림에 공급하면서 농장 생활은 많이 안정되었다. 그러나 농사란 소규모로 지어 자급자족하고 서로 나눌 수 있는 정도면 된다는 생각을 가진 김종복 씨로서는 도리어 크나큰 농장의 규모며 상업적 영농을 하고 있는 현실이 짐이 될 뿐이다. 그 탓일까. 날이 갈수록 행랑채에 있는 예배 방에서 김종복 씨가 보내는 시간이 점점 많아진다.

농사짓는 일과 마음 비우는 일을 한 가지로 여기며 살아오는 동안 그가 깨친 바가 있으니, 만물이 "절로 절로"라는 것이다. 말하자면 자연의 섭리대로 산다는 뜻일 터인즉, 그 "절로에 내맡기면 평화가 온다". 절로에 내맡긴다 함은 결과보다는 과정을 중요시한다는 뜻을 품고 있으니 사람의 삶을 두고 말하자면, 있는 자리에서 성실하게 살아가는 것이 소중하다는 말일 테다. 그러나 세상이 그러한가. 노상 어딘가에 목매달고, 그 집착에서 헤어나지 못하니, 그 삶이 참으로 고달프고 가엾지 않을 수 없다.

농사도 그렇다. 그는 "억지로 기교 부리려 하지 말고 자연스럽게 자라게 해주는 것"이 농사며, 식물의 성질을 잘 알아서 그 성질 거스르지 말고 잘 북돋워지도록 돕는 것을 농부의 할 일이라고 생각한다. 그 결과는 "절로"에 내맡길 터이니, 이 집에서 못났다고, 약하다고 버림받는 씨앗이며 모종 없는 것이 그런 이유에서다. 다 같은 생명이거늘 "못난 자

식 더 애정이 간다"고, 심지어 냉해 입어 남들이 버린 단호박까지 제 밭에 심어 그 회복 과정 세세히 살펴 가며 살려내는 기쁨을 아는 사람이 얼마나 될까.

또한 "절로"의 뜻을 새기면서 오랜 세월 이들이 의지했던 생명역동농법에 의한 농사력이 도리어 식물과 사람의 관계를 불편하게 하는 것이 아닌지, 도리어 규칙과 법에 매이게 하는 것이 아닌지 곰곰이 따지게 되었다. 김종북 씨는 농사는 재미있고 쉬워야 한다고 믿는다. 그게 가장 편안하고 자유로운 삶이라 여긴다. 규칙이니 법이니 알면서도 그에 매이지 않고 자유로운 상태가 바로 "자연스러워지는 경지"이니, 그 경지로 한 걸음씩 나아가면서 이제 김종북 씨는 "농사에 대한 애착도 없어졌다".

농장이 유지되는 것은 "수십 년 동안 해왔던 일이기 때문에 굴러가는 것"일 뿐이다. 예전에는 제 마음대로, 제가 하는 일이라고 했으나, 이제 그는 거름 준비며 밭갈이 같은 "허드렛일 하는 심부름꾼"이요, 농장을 가꾸고 유지하고 이끌어가는 주인은 부인이라고 여긴다. 몸이 약해 농사에 대한 마음이 전혀 없었던 그 부인은, 그러나 고된 세월 보내면서 원숙한 농부가 되었으니, 그가 보기에 "큰 열매를 맺었다".

식물이 사람보다 선배다

장금실 씨는 머리 속에 "농장의 풀 한 포기,

나무 한 그루, 언덕 구석구석이 속속들이 다" 들어 있으며, "몸은 방 안에 있어도 머리는 농장에 가" 있는 사람이다. 진도에 온 뒤로 그이가 차리는 밥상이 점점 단출하고 소탈해지는 것은 마음의 녹을 덜어내고 자연의 순리대로 살고자 하는 이 집 부부의 삶의 반영이기도 하겠지만, 마음이 부엌 안보다 밖으로 더 크게 향해 있는 그이 천성 탓이기도 하다.

어려서부터도 자연을 좋아한 데다 농장 주인이 꿈이었으니, 혼자 한갓지게 밥 먹을 때면 으레 부엌 문턱에 걸터앉아 맨밥에 김치 하나 걸쳐놓고는 산과 들로 눈길 보내는 그이 심정을 새삼스럽다 할 수 없겠다.

그이는 "밖에 내 놀 일이 꽉 찼다"고 한다. "오늘 하루도 식객으로 살게 해준" 신의 땅이니, 그 땅과 풀 한 포기까지 아끼는 것이 그이의 놀이이며 보답인 셈이다. 그 놀 일들 중에 밭 매기는 기본이다. 육십 넘어서기 전까지는 한밤에 달빛 의지하고 밭 매는 일이 허다했다. 그럴 때면 밭 매다 말고 그대로 맨땅바닥에 등 대고 드러눕기도 부지기수였다.

손에 흙 묻히기를 즐거워하니, 씨 뿌려 10년이 걸리도록 나무 한 그루씩 키워내고, 농장 안 길이면 길, 밭둑이면 둑, 집 뒤 축대와 조붓한 사잇길 사이사이를 오복소복 뒤덮고 있는 수선화며 민들레, 질경이를 살피고, 씨를 받아 뿌리고 뿌리를 갈라 옮겨 심고 일매지게 손질한다. 더불어 먹을 거 못 먹을 거 구별 없이 함께 뿌리내리고 있는 가지가지 푸성귀들이 서로 잘 어우러져 자라도록 다독인다.

빈대 냄새 난다 하여, 능글능글하다 하여 몇 년을 마다하던 고소와 무화과 열매를 마침내 먹게 된 것이 "네 향기 참 독특하구나"라는 깨달음에서였으니, 이 식물들이 다 그이 선생님이다. 성경의 천지창조 과정

을 보면 식물은 셋째날에 생기고 사람은 여섯째날에 생겼으니, 또한 "식물이 사람보다 선배"다.

그러니 이 풀꽃들을 들여다볼 적마다 그이 마음이 절로 가다듬어진다. "내가 너를 맨날 잡아먹고 산다, 참 미안하다." 그럴 때마다 "조금 먹고 못 사나?" 하고 제 삶을 반성한다. 이들 중 상당수가 다른 집에서 얻어오고 캐온 것들이다. 이들을 얻어와 걸찬 밭 가운데에도 심고, 조금 메마른 길목에도 심어보면서 살피는 것 또한 자연이 그이에게 준 놀이이며, 옮겨 심은 풀꽃들을 보며 그들을 준 사람을 생각하는 것이 그이가 올리는 기도다.

놀기만 할 수는 없다. 그이는 세심한 관찰과 끊임없는 연구로 농사를 돌보고 농장 살림을 꾸려간다. 그 하나가 진도에 옮겨온 뒤로 거르지 않고 써온 농사일지다. 요새는 "몰아쳐서" 쓰지만 주방일지, 기상일지, 가계부도 날마다 썼고, 소를 키울 때에는 소일지라는 것까지도 썼다. 농장에서 이루어지는 모든 일에 관해 꼼꼼하게 기록을 남김으로써 자료가 쌓이고, 이를 토대로 이듬해 농사와 살림에 관해 구체적이고 체계적인 계획을 세우고 실행할 수 있었다.

농장에서 무를 재배하게 된 것도 생명역동농법에 따른 농사력을 활용하면서 오랜 연구 끝에 이루어낸 일이다. 배추가 월동하는 따뜻한 지역에서 무 농사를 짓는 이는 아무도 없음을 보고 그이가 나서보았다. 이 씨앗 저 씨앗 심어보고, 날짜를 달리해 심어보고, 애 많이 쓴 끝에 이 섬에서 최초로 겨울 무밭을 가지게 되었다. 실로 그 남편이 "농사의 도의 경지에 이르렀다"고 감탄할 만하다.

변덕스런 요리 독창적인 맛

재미있고도 쉽고 간단한 것. 이 부부에게는 이것이 "가장 편안하고 자유로운 삶의 방법"인즉 "일하는 게 지겹고 짐이 되면 못해"는 법이다. 음식을 만들고 밥상을 차려내는 일이라고 다를까. 손쉽고, 자연스럽게. 장금실 씨가 음식을 대하는 방식이다. 있으면 있는 대로, 없으면 없는 대로, 생각나는 대로, 손 가는 대로 밭에서 구하기도 하고 남은 음식을 이용하기도 하면서 이런저런 "연구를 많이 하고" "변덕을 쓰는" 것이 결코 특별한 음식은 아니로되, 그 남편 보기에 "그때그때 독창적으로 만들어"내는 별미에 다름아니다. 더러 그이의 음식이 입에 맞지 않는 사람이 없지는 않으나, 여름 밭일하다 얼음 넣어 차게 마시는 텁텁한 식혜나 보리를 절구에 찧어 돌확에 갈아 물을 붓고 걸쭉해지면 염소젖 부어 먹는 보리죽, 그 투박한 맛이 시간이 지나도록 혀 끝에 삼삼하게 남아 그리워하는 이들이 훨씬 많다.

장금실 씨가 가장 정성을 쏟는 것은 된장이다. 된장은 이 집에서 사시사철 밥상에 오르는 든든한 밑반찬이자 구수하고도 단 맛을 내는 양념으로 중요한 음식이다. 된장을 담는 일은 콩농사에서부터 시작된다. 이 집에서는 옥광이라는 종자를 쓴다. 일반 콩보다 좀더 원형이며 당도가 높고, 좀더 굵고 크다. 된장을 담을 때마다 콩 한 가마는 너끈히 쓰는데, 우선 콩을 쫙 깔아놓고는 제일 큰 종자만 고른다. 골라낸 콩을 불려서 압력솥에다 찐다. 이때 물을 버리는 일이 없도록 양을 맞춤하게 잡는 일도 중요하다.

이렇게 하면 일반 솥에 "버글버글 끓인" 콩으로 만든 메주에 견주어 단단하고 잘 흩어지지 않는다. 잘 익은 콩을 절구질을 해서 또 "꽉꽉 눌러 갖고" 메주를 띄운다. 이렇게 만든 메주는 아무리 오래 간장에 놓아두어도 풀어지지 않을 정도로 단단한데, 먹어본 바로는 이 딱딱한 된장 덩어리를 씹는 맛이 여간 구수하지가 않다. 남쪽이라 짜게 해야 하는 것은 기본이다. 첫 해에 맛있다고 간을 덜하면 여름 지나 신 맛이 나 버리게 되기 십상이니, 이를 위해서는 천일염을 2년이나 3년 묵혀 간수를 빼어 쓴다.

장금실 씨의 실험 정신은 이 중요한 된장 만들기에서도 여지없이 발휘된다. 콩을 삶을 때 멸치 삶은 물을 얻어다 쓰는가 하면, 농사지은 배추가 어찌나 맛있는지 아까운 생각에 배추 절인 물을 못 버리고는 그 물에다, 배춧잎 삶은 물을 섞어 팔팔 끓여 가라앉힌 다음 소금을 타서 메주를 담궈 놓기도 한다. 지난해에는 무를 "두께두께" 썰어 소금을 진하게 쳐서 나오는 물을 또 타 쓰기도 했다. 또 흔히 고추장에나 넣지 된장에는 안 넣는 것으로 알고 있는 밀을 섞어 보기도 한다. 그러니 해마다 된장 담는 방법이 "한 번도 같은 적이 없다".

잘 뜬 메주가루는 고추장에도 빠질 수 없는 재료다. 이 메주가루를 많이 넣고 쌀엿을 섞고 빛깔 고우라고 빼버리기 마련인 고추씨까지 한데 버무려 고추장을 담는다. 색깔은 좀 덜 고와도 맛이 진하고 "한 삼 년 묵어도 끄덕없다". 이때 반드시 청양 고추를 절반 정도 섞는다. 처음에는 매운 맛이 얼얼할 정도지만 몇 차례 거듭 먹다 보면 이내 그 "맵고도 단" 맛에 익숙해진다.

마늘장아찌 국물로 고추장아찌 담고

젊어서 "생동감이 철철 넘쳐 흐르고 살았을" 때에는 갖은 장아찌도 담았다. 그중에 귀동냥한 마늘장아찌를 소개한다. 마늘은 스페인 마늘 종자가 좋다고 한다. 껍질이 얇고 씹는 맛이 아삭아삭하며 마늘 속심이 부드러워, 절여지면 크기도 작아지고 먹기에도 좋기 때문이다.

이 마늘이 껍질이 쪽쪽 벗겨질 정도로 여물었을 때 캐어 바로 뿌리 자르고 위 꼭지 자르고 껍질을 한두 꺼풀 벗겨 놓는다. 장물은 식초 한 컵이면 소금과 설탕을 각각 한 컵의 비율로 섞어 잘 녹인 뒤 손질해 놓은 마늘에 붓는다. 혹 물을 넣고 싶으면 재료들을 한데 섞어 끓인 뒤 식혀서 부어야 함은 물론이다. 그리고는 바로 밀봉해 버린다.

대개는 마늘을 하룻밤 정도 촛물에 굴려서 담는데 그렇게 하면 바로 담는 것보다 마늘 향이 떨어진다고 한다. 담고 한 달만 되면 매콤하게 먹을 만해져서 훌륭한 밑반찬이 된다. "구정물도 함부로 안 버린다"는 알뜰한 성정에 마늘 건져먹고 남은 장물을 그대로 버릴 수 없다. 이 장물을 재활용하기 위해 그이가 개발해낸 것이 있다. 남은 장물을 굳이 냉장고에 보관할 필요도 없이 그대로 뒀다가 가을에 풋고추로 다시 고추장아찌를 담는 것이다. 주의할 것은 첫서리 내리기 전에 딱딱하고 제대로 약오른 고추라야 제맛이 난다는 점이다. 이렇게 하면 마늘 맛이 배어 있는 물에 맵싹하고 들큰한 단맛이 나는 고추맛이 어우러들어 독특한 풍미를 낸다.

고추며 깻잎을 된장에 박아 먹는 장아찌야 누구나 흔히 하는 것인데, 다른 점이 있다면 남들은 된장 버릴까봐 "꾀들이 나서" 항아리 밑에 고추를 깔고 그 위에 망사나 가재로 덮고, 그 위에 된장을 덮는 데 반해 그이는 "버리든 말든" 우직하게 된장 항아리 한쪽에 박아넣고 먹는다. 지난 여름에는 콩잎으로 이렇듯 장아찌를 해보았다. 경상도 쪽에서는 흔한 콩잎장아찌를 전라도에서는 도통 안 해먹어 잊고 있다가 불현듯 생각난 김에 해봤더니 그이 식구들은 더 맛나게 먹더라며 흥겨워한다. 장아찌가 맛나려면 무엇보다도 된장이 맛있어야 함은 물론이니, 그이가 유달리 된장에 정성과 힘을 쏟는 것이 마땅하다 여겨진다.

진도에 와서 배운 음식으로 갓김치가 있다. 진도에서는 청갓보다 붉은 갓, 곧 적갓이 많이 나며 이 붉은 갓을 훨씬 더 친다고 한다. 이 붉은 갓으로 김치를 담는데, 흔히 젓갈을 넣고 버무리는 것과는 다른 식이다. 봄에 대궁이 웬만큼 올라올 때 잘라서 한나절쯤 "시들시들 시들켜서" 물에 한번 흔들어 털어 놓은 뒤, 갓이 잠길 만큼 진한 소금물을 부어 꽉 눌러놓는다. 이걸 여름에 양념을 하지 않고 그냥 먹는데, 입맛 없을 때 찬 물에 밥 말아서 이 갓김치 한 쪽씩 올려 먹으면 "아주 칼큼하게" 입맛을 돋운다. 김치라기보다는 갓짠지라고 해야 좋을 음식으로 오이지나 매한가지인 셈이다.

진도에서는 배추도 미리 시들켜서 담는데, 배추를 절이면 단물이 다 빠지는 것을 생각하면 그이는 이 방식이 옳은 것 같다고 한다. 일단 배추를 쪼개어 볕 아래에서든 그늘에서든 한나절이나 하루 동안 약간 시들시들해지도록 말리는 것이다. 이렇게 시들켜서 담으면 배추를 절이고 버리는 단물이 훨씬 줄어들 뿐더러, 늦게까지 둬도 김치가 물켜지지 않는다고 한다.

간결하게, 단순하게

저녁 밥상을 한쪽으로 물리고 장금실 씨가 쑥떡을 내놓았다. "몇 년만에 마음먹고 해본" 것이다. 제대로 된 쑥떡 한번 해먹어 보려고 이틀 꼬박 쑥을 캐고 다녔다. 쑥 향기가 물씬하고, 질깃질깃 쑥이 씹히는 떡을 뜯고 있노라니, 남의 집 방문한답시고 진도다리 건너기 전 가게에서 사온 딸기가 민망해진다. 보나마나 농약 듬뿍 쳤을 딸기가 손님을 맞는 주인의 입장에서는 부담스럽고 난감할 터인데. 그러나 이 부부는 "요새 계속 비 온 데다가 홀몬제 쳐서 키운 딸기 안 좋아"라면서도 맛난 듯 딸기를 입에 넣는다.

"몸에 안 좋은 거 다 알면서도 그냥 아무렇지 않게 먹는" 버릇도 나이들어 붙었다. 올 초에 결혼하고 처음으로 부부가 함께 외식이란 걸 했다. 문 연 지 몇 년이 되도록 한 번도 가본 적 없는 마을 냉면집을 "좀 팔아줄라고" 나들이삼아 다녀온 것이다. 그런가 하면 역시 결혼하고 처음으로 장금실 씨는 남편이 사다 준 오백 원짜리 앙고 빵 하나를 새참으로 얻어먹었다. 최근에는 맥주 맛도 배웠다. 그래봐야 갈증이 심할 때 한두 잔이면 족한 정도지만, 농장에서 술담배 절대 금하던 예전 같으면 꿈도 못 꿀 일이었다.

젊은 시절 꼿꼿하게 날세우며 그었던 경계가 사라졌음이니, "돌도 소화시킬 수 있는" 열정으로 엄정하고 무섭게 일을 해나갔던 김종북 씨의 형형한 눈매가 날로 그윽해짐이, 육십이 넘어서도 해맑은 그 부인의 얼굴이 이해가 간다. 집착을 끊을 때 비로소 자유를 얻는다 했다. 그 법을 알되 그에 매이지 않고 하루하루를 성심껏 살아가는 사람이 누릴 수 있는 평화가 이런 것일 게다.

주위를 둘러보면 "참 우리가 제일 편하게 살고 있다"고 느낀다. 자유롭고 마음 편하여 이즈음 이들은 "사는 맛"이 난다. 이제, 그 맛의 마지막 경지, "죽음을 가깝게 맞을 준비"를 생각한다. 애당초 내 것이 아닌 농장, 자식에게 물려줄 일도 없고 남길 것도 없으되, 행여 아직도 비워내지 못하고 마음에 담아두고 있을지 모를 삶의 흔적들을 "깨끗이 훌훌 털고 죽음을 맞는 길"을 새겨본다. 간결하게, 단순하게.

경남 울산 김제홍, 신응희

밥은 보약

조선소에서 쇠를 다루던 아내와
틈틈이 살림살이 만들던 손매무새로 짚 공예가가 된 남편이
울산 죽전산 골짜기에서 논밭을 부치고 있다.
머위, 산초, 뽕, 칡, 온갖 새 잎으로 담아 먹는 장아찌 밥상은 그대로 약이다.

나직한 산기슭 안에 들어앉았으니, 이런 밭을 자드락밭이라고 하던가. 죽전산에서 내려오는 물길을 끼고 비탈 따라 층층이 논밭이 어우러져 앉은 모양은 마치 다랑이논을 보는 것만 같다. 그러나 주인 말대로 "골짜기 안에 있다" 해서 비좁으리라 짐작했던 것은 오산이고, 품새가 너르고 안온한 그 산기슭 안에 김제홍, 신응희 씨 부부가 부치는 논밭이 얼추 4천 평이란다.

논갈이 끝내고 자박자박 물 고인 논 한 켠에 모판이 가지런하다. 어쩌면, 모가 저리도 연한 녹색이었던가, 새삼 그 여린 색깔과 모습에 감탄한다. 모만 예쁘더냐. 봄볕 따스하게 받으며 한껏 피어나고 자라느라 애쓰는 온갖 생명들이 한결같이 어여쁘기 그지없다. 마늘밭 앞에는 부추며 달래, 쪽파가 총총하고, 더덕도 막 여린 손 내밀어 덩굴 올리느라 한창이다. 반쯤 베어 낸 자국이 선명한 미나리꽝은 아직도 풍성하게 남은 미나리들이 푸른 물결을 이루고, 그새 제법 키가 자란 옥수수는 우뚝우뚝 서서 하늘을 머리에 이었으며, 밭둑에는 둥글둥글 잎을 너울대며 머위가 무성하다.

두릅이며 나물취, 곰취, 곤달래 같은 취 종류도 이 구석 저 구석에 무리를 이루고 있고, 구불구불한 논틀밭틀에는 씀바귀며 냉이, 유채를 포함한 가지가지 풀꽃들이 얼굴을 내밀고 있다. 방아며 구기자, 산초나무, 앵두나무, 뽕나무, 아주까리에 "제 멋대로 막 퍼졌다"는 생소한 선인장 한 무더기까지, 싱싱한 생명력이 이 골짜기에 충만하다.

울산이라면 이 나라의 첫째가는 공업도시가 아니던가. 산업화, 조선소와 중기계, 자동차, 매연과 아스팔트 따위 삭막한 도시로만 여기고 있던 이 도시 동남쪽, 효문동 한 귀퉁이에 이렇듯 아름다운 자연과 풍요로운 논밭이 있으리라고는 짐작도 해 본 적이 없으니, 그만큼 이 골짜기 논밭은 경이롭기까지 하다.

짚 공예가 부부의 골짜기 논밭

짚 공예가로 알려져 있는 김제홍 씨와 부인 신응희 씨가 이 논밭의 주인인즉, 일흔 안팎의 이 부부가 이 산골짜기에서 농사를 지은 지가 이십 년 남짓 된다. 부부가 다 경북 영주 사람으로, 특히 신응희 씨는 영주 부석사 뒤 갓뒤마을 출신임을 자랑스럽게 여긴다.

자랄 때는 부잣집에서 "곱게, 참 교양있게" 자란 그이는 결혼하고 나서 고초가 심했다. 잠시 노름에 빠진 남편의 마음을 다잡게 하기 위해 달랑 이불 한 채하고 쌀 두어 말 둘러메고 올망졸망 아이들 데리고 낯설고 물선 대도시 울산에 뛰어든 것인데, 홀로 된 시어머니와 시누이들 모시고 어려운 살림 꾸려가기 위해서 하루에 콩 여섯 되씩 갈아 두부를 만들어 팔기도 했고, 담차게도 조선소에 "내 발로 걸어 들어가" 억세고 거친 일들을 마다지 않고 했다.

부인의 결단이 옳아서, 김제홍 씨는 새로운 도시에서 막일꾼 같은 험한 일에서부터 경비원, 공무원에 이르기까지 두루 여러 직업을 거치며 착실한 가장이 되었으니, 효문동 죽전산 골짜기에 집을 장만하고, 자식

다섯을 다 제 앞가림할 수 있게끔 키워냈다.

조선소 다닐 적부터 텃밭 요량으로 조금씩 부치던 논밭을 김제홍 씨가 공무원 정년퇴직하고, 신응희 씨가 교통사고로 몸을 다치는 바람에 조선소를 그만두고 나서부터 제대로 시작했으니, 집 앞에 붙은 안온한 산기슭 논밭을, 비록 남의 땅을 빌리기는 했으나 거의 통째로 마련하게 되었다.

농가에서는 아무래도 여자 일이 많은 법. 그러나 신응희 씨는 험하디 험한 조선소 일에 견주면 호미 들고 낫 들고 곡식 일구는 일은 오히려 수월하고 즐겁다. 그보다도 남에게 매이지 않아 자유로우며, 흙을 만지는 일이 쇠를 다루는 일보다 한결 그이 몸과 마음을 여유롭게 해준다.

더욱 그이를 흐뭇하게 하는 일은 남편이 짚공예를 하는 것이다. 어려서부터 눈썰미가 빼어나고 손재주가 뛰어났던 김제홍 씨는 그동안에도 틈틈이 둥구미며 방석 따위를 짜 주위에 선물로 나눠주곤 했는데, 맏아들 김현우 씨의 권유로 90년대 후반부터는 본격적인 짚공예가로 나섰다. 집 안에 작은 공방도 만들고, 겨울이면 수굿이 들어앉아서 볏짚으로 새끼를 꼬아 둥구미며 소쿠리, 맷방석, 멍석, 종다래끼, 짚부채, 짚신 들을 만드는데, 투박하면서도 옹골찬 옛 물건들 만들어내는 솜씨가 끌끔하여 점차 이름이 나게 되었다. 김현우 씨는 독학으로 처용 탈을 복원하여 만들고 있으니, 손끝 여문 것은 부전자전인가 보다.

그가 쓰는 짚은 제 논에서 나오는 것인즉, 한때 나락은 구경조차 하기 힘들었던 어려운 시절에 대한 뼈아픈 기억이 있는지라 소중한 벼농

사가 짚공예를 하면서부터 더욱 중요한 농사가 되었다. 짚으로 물건을 만들자면 우선 새끼를 잘 꼬아야 하고, 새끼를 잘 꼬자면 무엇보다도 볏짚이 좋아야 하기 때문이다.

좋은 볏짚이란 반드시 낫으로 베어 발 타작을 해서 얻은 것이어야 하니, 콤바인으로 수확하고 남은 짚은 길이도 짧고 이삭 부위가 상해서 그 짚으로 새끼를 꼬면 부실하기 짝이 없다. 그러니 한목에 펼쳐진 것은 아니라지만 일곱 마지기라는 적지 않은 논농사를 이 부부는 손으로 모를 심고, 수확할 때면 낫으로 밑단까지 말끔하고 가지런하게 벼를 베고, 발로 밟아 쓰는 탈곡기로 이삭을 터는, 요즘에는 보기 드문 고생을 사서 한다. "놉 쓸 사람도 없는" 시골 형편이기에 지난해에는 탈곡하는 데 부부가 꼬박 여드레를 매달렸다.

김제홍 씨 부자는 2000년부터 각기 처용 탈과 짚공예품을 만들어 해마다 '부자 전시회'를 열고 있다. 가는 날이 장날이라고, 마음먹고 울산을 찾은 날은 그 부자 전시회가 열리고 있는 중이었다. 꽤 너른 전시실에 가지가지 짚공예품과 처용 탈들이 즐비한데, 지방 언론사며 방송국에서 사진도 찍고 취재도 하는가 하면, 관람객들이 꾸준히 들고나는 가운데 유치원생들의 단체관람도 있고 해서 식구들이 정신이 없었다.

짚으로 만든 생활용품들이 곧잘 팔려나가고 짚공예가로 이름도 났으나, 김제홍 씨는 공예가로 자처해 본 적이 없다. 본격적인 공예가로 나설 생각도 없다. 그는 농부일 따름이다. 그의 공예품이란 것이 사실 농가 살림에서 비롯된 것이 아니던가. 부인이 아쉬워할 때마다 그 자리에서 이런저런 도구며 연장 뚝딱 만들어내는 그 재미가 공예품 만들어내

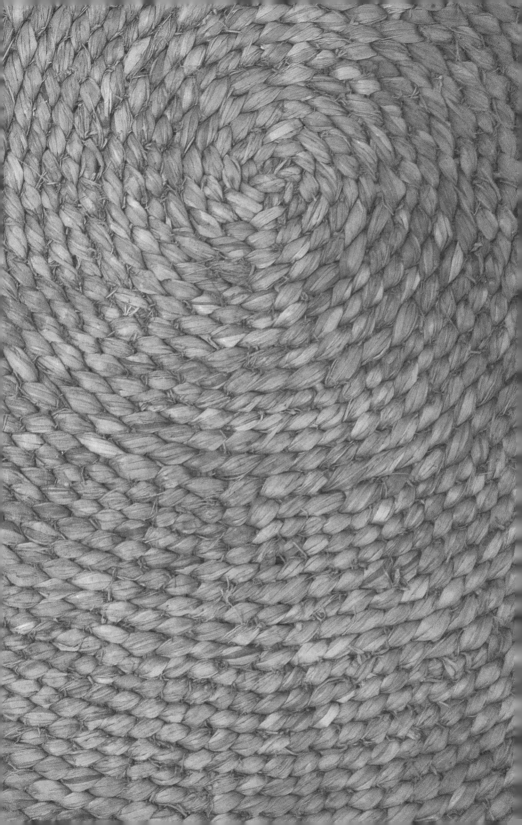

는 것 못지않으니, 실제로 밖에서는 작품 대접 받는 옛 물건들이 이 집에서는 구석구석에서 요긴하게 쓰이는 살림살이다.

신응희 씨 또한 마찬가지이니, 나이 들면서 힘이 딸리긴 하지만, "몸 아프다고 농사를 제치면 더 병신이라"고 생각한다. "젊어서는 꽤 씩씩"해서 여자 몸으로 쌀 한 가마를 너끈히 지고 날랐다는 신응희 씨는, 특히 요즘 들어 이십 년 전 겪은 교통사고 후유증으로 부쩍 "몸이 되다"고 느낀다. 오죽하면 도저히 손 못 대어 풀밭 된 논을 코앞에 보고만 있겠는가. 그럼에도 농사를 버리지 못하고, 이 봄에도 부지런히 들로 나간다.

약이 되는 반찬들

농번기인 이맘때면 아침에 눈 뜨면 우선 "낯 씻고 손 씻고" 나서는 "지가 알아서 다 하는" "쿠쿠 밥솥에 밥 앉혀 놓고" 밭으로 달려간다. 이 밭 저 밭 둘러보고, 손 가야 할 것 손봐주고, 요즘 같으면 밭둑에 무성한 "머우취" 한 줌 후두둑 뜯어와 얼른 끓는 물에 삶아 물에 담가 둔다. 한편으로는 "정구지" 쓱쓱 베어가지고 와서 물에 씻어 건져냈다가 쫑쫑 썰어놓고, 물 한 냄비 소금 넣고 끓이다가 집어넣고, "급해 놓으니" 계란 깨어 "훼훼 개 가지고 그대로 털썩 넣어서" 저어서 국을 끓인다. "두 영감 할마이 먹어야 얼마나" 되겠는가. 이빨도 시원치 않으니 그 국에 밥 말아 훌훌 먹고 만다.

그 말대로라면 이렇게 아침에 "한테 해놓고 고마 점심에도 먹고 저녁에도 먹고" 마는 밥상이 시원찮을 것 같지만, 사실, 이 댁 밥상에는 골짜기 밭의 풍성함이 고스란히 담겨 있다.

　부엌에 차려 놓고 덮개 씌워 놓은 밥상을 들여다보았더니, 깻잎과 콩잎 장아찌는 지난해 담아 놓은 것이고, 올 봄에 새 순 따서 담은 산초잎 장아찌와 머위 장아찌, 데친 미나리와 머위, 초고추장에 무친 가죽나물이 한 접시씩 담겼고, 멸치젓 무침과 파김치, 오늘 아침에 담았다는 열무 물김치가 먹음직스럽게 놓였다.

　경상도 지방에서나 흔히 볼 수 있는 콩잎 장아찌는, 뻣뻣한 콩잎이 싫다는 사람이 있기도 하지만, 그 맛이 입에 익은 사람에게는 깻잎 장아찌 버금가게 맛있는 밑반찬이다. 상에 놓인 것은 묵은 콩잎 장아찌로, 콩잎이 "단풍들어 노란 것"을 따다 소금물에 삭혀 건져 양념한 것이다. 까나리액젓과 진간장, 고춧가루를 넣고 마늘을 조금 넣었다. 장아찌할 때는 꼭 까나리액젓을 쓰며, 마늘은 많이 넣지 않는다고 한다.

　신기한 것은 머위 장아찌와 산초잎 장아찌다. 머위는 데쳐서 쌈 싸먹는 것으로만 알았는데, 장아찌를 담을 줄이야. 신응희 씨 설명에 따르면, 너무 어린 것 말고 좀 자란 것으로 골라 껍질을 벗기고는 소금물을 붓고 돌로 짓눌러놓는다. 소금물에는 설탕과 식초도 아주 살짝만 넣는데 넣지 않아도 상관없다. 두 주쯤 지나면 누렇게 삭는데, 이때 머위를 건져서 한 번 헹궈내고 물에 좀 담궈 두었다가 꼭 짠다. 줄기는 잘라서 따로 두고, 잎은 한 번에 먹을 만큼 세 동강이 내어 포개 놓고는 함께 채반에 넣고 살짝 찐다. 그 다음에 양념을 하는데, 까나리액젓과 진간장을

섞어 팔팔 끓여 고루 붓는다. 혹 너무 짤까 염려된다면, 물을 좀 섞어도 좋다. 두세 번 국물을 닳여 붓고는 냉장고 안에 넣어 두면 "쌉싸그리"하고 "시급다"는 머위 맛을 오래도록 맛볼 수 있다.

산초 잎은 한결 간단하다. 역시 까나리액젓과 진간장을 섞고, 식초를 조금 넣어 팔팔 끓여 그대로 붓는다. 산초 열매 장아찌는 맛본 적이 있으나 산초 잎 장아찌란 것은 처음 보는데, 열매 장아찌보다 산초의 독특한 진한 향이 훨씬 가볍고 부드러워 산초 향을 싫어하는 사람도 충분히 먹을 만하겠다.

이 밥상에는 오르지 않았지만 이 댁에서 맛볼 수 있는 별미가 또 있으니, 뽕잎 장아찌와 칡잎 장아찌다. 뽕잎은 보드라울 때 콩잎 삭히듯이 소금물에 삭혔다가 건져내어 까나리액젓과 진간장에 엿을 좀 넣고 바글바글 달여서 붓는다. 그렇게 두어 번 달여 부으면 색깔도 "까무리한 게 참 맛있다." 칡 잎 또한 보드라운 어린 잎으로 고른다. 잎이 조금만 크면 "까끄럽기" 때문이다. 여린 잎을 잘 골라 소금물에 삭혔다가 씻어 말려서 꼭 짜서 머위 장아찌 하듯이 하는데, 신응희 씨 입맛에는 머위 장아찌보다 훨씬 맛있다고 한다. 올 봄에 마늘쫑 장아찌도 해 담아 두었다니, 그러고 보면 신응희 씨는 실로 새 순 장아찌 전문가라 할 만하다. "어디 배워서가 아니고 내 궁리대로 한다"는 그이는 논두렁에 씀바귀도 캐다가 삭혀서 그리 해먹는다.

흔히 약재로만 알고 있는 당귀도 이 집에서는 즐겨 먹는 반찬이다.

잎을 삶아서 참기름과 소금만 넣고 무쳐내면 산나물보다 더 맛있지만, 이 집에서는 그 뿌리를 좀더 즐긴다. 당귀를 심고 일 년 되면 뿌리를 캐어 살살 긁은 다음 쪽쪽 쨘다. 그렇게 찢어 보면 속에 심이 들었는데 이 심을 빼버리고 살만 가지고 양념을 해서 무친다. 당귀 향이 있으므로 마늘은 안 쓰고 고춧가루와 집간장, 소금을 조금 넣어서 무쳐내면 "빠다 그리한 게" 맛나다고 한다.

그러고 보면 이 댁 밥상에 오르는 반찬은 음식이라기보다는 주인들 말마따나 "약이다". 특히 이맘때 "송송 올라오는" 새 잎들은 맛으로나 영양으로나 훌륭한 반찬이 되니, 구기자는 "싸리 잎새기만큼 종종 올라올 때" 잎을 뜯어 삶아 깨소금, 소금, 참기름 등을 넣어 무쳐 먹고, 열매는 따서 말려 끓여 마시거나 믹서에 갈아 먹기도 한다. "쌉싸부리한 게 향기가 좋은" 오가피 잎은 생으로 쌈을 싸먹기도 하고, 말려서 차를 끓이기도 한다. 또는 줄기를 똑똑 끊어서 말렸다가 대추를 함께 넣고 끓여 차로 마신다. 이 댁 내외가 늘상 마시는 물은 이 오가피 가지와 뽕나무 뿌리나 줄기를 함께 넣어 끓인 것이다.

요맘때면 미나리가 풍성할 때니, 미나리를 갈아낸 즙도 신응희 씨가 나이든 서방님을 위해 준비하는 단골 메뉴 중의 하나다. 특히 줄기를 믹서에 갈면 단 맛이 진하다. 미나리를 살짝 데쳐 초고추장에 무쳐 먹는 것이야 기본이고, 미나리를 날콩가루에 묻혀 쪄서 깨소금과 소금으로 무쳐 먹는 "촌음식"도 종종 상에 올린다.

이쯤 되면 이 집 안주인이 이 봄에 그저 바쁘다고 하는 이유를 알 만하다. 날마다 골짜기 밭 구석구석을 훑고 다니며 새 순도 따고, 다듬고

손질하고, 말리고 장아찌 담는 일상만으로도 봄볕은 짧기만 한데 전시회까지 겹쳤으니, "하마 끝나갈 땐데"도 아직 고추 모는 심지도 못했고, 나이 들어서는 "일에 요량도 없어" 집안은 그저 발에 걸리는 대로 "이리 툭 차고 저리 툭 차고" 해서 "엉망이다"고 민망해 한다.

오만 가지 농사 지어 오만 거를 다 해먹는다

고기며 생선은 "워낙이 잘 안 먹는" 식성 탓이기도 하겠지만, 이들은 밭에서 나는 것만으로도 "오만 거를 다 해먹는다". 멥쌀 하지, 찹쌀 하지, 감자 심어 캐고 배추 하지, 마늘 캐고 동부 심지, 옥수수 캐고 메밀이며 녹두 심지, 갖은 나물밭 있지, "오만" 농사를 다 지으니 우선 재료가 풍부하다. 또, 해마다 메주 뜨고 장 담고, 집에서 콩 하고, 기름도 집에서 짜먹고, 거의 집에서 직접 해먹으니, 몸은 되지만 소박하고 건강한 음식 만들어 먹는 것이 사실은 흡족하다. 손님이 왔다 해서 특별한 것 차리는 법 없이 그이들이 먹는 그대로 상에 올리는데, 이 집에서 밥 한 번 먹은 사람들은 오히려 "입이 개운하고 담백하다"고 좋아들 한다.

이 집의 오만 가지 음식 가운데 대표 음식을 꼽는다면 뭐니뭐니 해도 메밀을 들어야 할 것 같다. 옥수수 거두고 난 자리에 메밀을 심어 한 해 보통 세 가마 정도 수확을 하는데, 이를 두고 입이 궁할 때나 손님이 올 때 이런저런 음식을 한다. 메밀도 직접 집에서 가루를 낸다. 그러므로 요즘에는 도무지 보기 힘든 풍경, 마루에 나앉아 맷돌 가는 모습을 이 집에서는 심심찮게 볼 수 있다.

이 집에서 쓰는 맷돌은 완전히 갈아내는 게 아니라 "곡식 껍질을 깨는" 맷돌이다. 우선 서걱서걱 맷돌을 갈아 까불려서 "메물쌀"을 만든다. 이때 나오는 껍데기는 베갯속을 넣는데, 적어도 2년 만에 한 번씩은 꼭 갈아 넣는다. 메물쌀은 체에 치는데, 체 친 것은 키에 옮겨놓고 남은 것을 다시 한 번 체에 쳐서 함께 키에 "까불면 쌀이 다 된 거다".

이걸 물을 "질그름하게" 섞어 하룻밤 재워두었다가 방앗간에 가서 "떡가루 내리듯이 빻는다". 그 가루를 집에 가져다가 다시 한 번 체로 친다. 그러면 고운 메밀가루가 되는데, 그걸 그때그때 "요만큼 떼어 묵 끓여도 되고, 조만큼 떼어 부침개 해도" 되고, 찹쌀이니 보리쌀이니 함께 섞어 미숫가루를 내기도 한다.

메밀묵은 도토리묵 끓이듯 가루를 "휘휘 개 가지고" 끓이면 되는데, 특히 묵채를 그이는 잘한다. 묵을 채를 쳐서 "따끈따끈한 물에 폭 담았다가 물을 쪽 따라내고" 마늘, 참기름, 깨소금 넣은 양념을 해서 얹어 먹는 것이다. 또는 묵을 썰어 깨소금만 넣은 간장에 찍어 먹어도 그만이다. 예전에는 집 옆에 도토리나무가 하나 있어 도토리묵도 해먹었으나, 요새는 도토리가 없어서 못한다.

묵 못잖게 좋아하는 게 메밀 부침개다. 메밀 부침개는 얇아야 맛있다. 부추니 뭐니 아무 거나 넣어도 맛있지만, 그런 속이 많으면 자칫 부침개가 "어그러져 버리기" 때문에 많지 않은 편이 좋다. "종이같이 똘똘똘똘 말리도록" 얇게 부쳐야 하는데, 그렇게 부쳐서 "팔딱팔딱 일나는

거" 해놓으면 "억수로 맛있다".

밀비지떡이란 것도 메밀로 만들어 먹는 음식이다. 메밀가루를 물에 개어 부침개하듯 후라이팬에 얌전히 붓고는 팥이나 동부로 삶아 만든 고물을 가운데 넣고 귀퉁이를 이쪽 저쪽 접어 네모 모양으로 만들어 부친다. 떡같이 몇 개씩 해놓고 먹으면 맛도 있고 든든해서 이 집 식구들이 좋아한다.

막걸리로 벌레 잡는다

두 부부가 곧잘 나누는 얘기가 있다. "당신은 돼지로 태어나고 나는 쥐로 태어나 가지고 어찌 이리 땅 뒤지기를 하나". 김제홍 씨는 돼지띠요 신응희 씨는 쥐띠인 것을 빗대어 농을 하곤 하니, "나는 쥐로 태어나서 땅 뒤지기를 할 팔자지만 당신은 돼지로 가만 들어앉았지 왜 땅 뒤지기를 하노".

"힘도 떨어지고" 몸도 고달프고, 이제는 "몹쓸 놈의 농사"라 생각이 들기도 하지만, 그렇다고 "땅 뒤지기"를 소홀히 하지는 않는다. 온 밭을 거의 덮다시피 비닐을 애용하고는 있으나, 논농사에서 보듯 이 집에서는 화학비료를 함부로 쓰거나 농약을 치는 일이 없다. 거름은 한다. 짚을 썩혀서 봄이면 썰어 밭에 펴서 깔아 놓는 정도다. "벌거지 먹을 만하면" 치는 약이 있긴 하다. 막걸리를 걸러 담아 놓으면 푹 썩는다. 식초가 되는 것이다. 여기에 설탕 좀 넣고, 막걸리 조금 넣고 잘 배합을 해서 농약통에 넣고는 통을 짊어지고 다니면서 뿌려주는 것이다. 이 술약이 얼마나 효력이 큰지 벌레에 약하기로 으뜸이다 할 배추며 케일조차도 벌레가 없다. 생긴 것들도 이 약을 치면 "시퍼런 게 다 떨어진다".

그러므로 신응희 씨는 해마다 두 번씩 막걸리 담는 것이 큰 일이다. 대체로 식은 밥을 모아두었다가 누룩과 버무려서 빚는데, 누룩은 사오기도 하고, 통밀 사서 갈아 쓰는 딸네서 우리밀을 얻어와 띄우기도 한다. 봄에 빚으면 가을에 치고, 가을에 해두면 이듬해 봄에 쓸 요량으로 한 번에 큰 간장통으로 서너 통씩 빚는 것이다.

이 집 미나리며 옥수수는 맛있기로 소문이 나서 "밭에 앉아서 다 팔" 정도인데, 미나리밭에 특효약이 또 있다. 미나리는 봄에 한두 번 베어내고 난 뒤 뜯어났다가 음력 7월에 메밀 짚을 밭에 깔고 씨, 곧 미나리 뿌리를 놓고는 나무 막대기 같은 것으로 두드려준다. 뿌리가 자리를 잡도록 하는 것인데, 그렇게 두면 이듬해 봄에 미나리가 새파랗게 올라온다. 물이 많아야 하니 밭 옆으로 도랑을 치는데, 처음 미나리 농사를 지을 때는 거머리에게 몹시 시달렸다. 그러다 한 해 겨울, 우연히 고추 꼭지 딴 것을 확 뿌렸는데 이듬해에는 거머리를 구경조차 못했다. 신기해서 "시퍼런 고추 못 먹는 거 푸대로 갖다 뿌렸더니 허옇게 죽었더라"는 것이다. 그로부터 해마다 미나리밭에는 고추 손질한 꼭지와 씨를 도랑에 둘러가며 쳐놓는다.

부부가 함께 하는 짚공예

마음 같지 않는 몸 끌고도 철철이 손 놀려 음식 만들어내는 것이 어디 제 입 하나만을 위해서겠는가. 젊은 시절 제 몸과 마음을 그리도 긁어대었건만 그이는 남편을 살뜰하게 챙긴다. 틈 나면 미꾸라지 사다 방아잎이며 토란대며, 고사리, 숙주, 머위 줄기, 호박잎, 무청 시래기 등을 수북이 넣고, 마늘 많이 넣고 고춧가루와 매운 고추 듬뿍 넣어 추어탕을 끓여내고, 여름에는 우뭇가사리 고아 콩가루 타서 얼음물에 말아 주기를 빠트리지 않는다.

가을이면 병아리 몇 마리 폭 고아서 뼈 발라내 "호리한 게 맛있"는 백숙도 만들고, 장어도 사다가 마늘 넣고 푹 고아 상에 올린다. 아마도 민망하여 김제홍 씨가 "또 먹으라 하네." 소리라도 하면, 그이는 "암말도 말고 잡수소. 내 없으면 그거 해줄 사람도 없소." 대꾸한다. 묵묵한 김제홍 씨 가슴이 뻐근할 것이다.

한 삼 년 전부터는 신응희 씨도 남편을 따라 짚공예에 손을 대었으니, 나이 들어 "두 영감 할마이"가 더욱 재미나게 산다 싶다. 근 오십 년을 쇠 만지고 흙 만지노라 거칠고 투박해진 손이건만 바지런히 암팡지게 놀리노라면 손이 아프다. 그래도 굳이 짚을 만지는 것은 "손은 아파도 정신력이 강해"지기 때문이다. 게다가 "저녁으로 심심하면 같이" 따라 하던 솜씨가 이제는 예사스럽지가 않아 이런저런 소품들을 만들어 전시회 때면 함께 낸다. 소는 며칠 걸리지만 볏짚모자나 거북이는 하룻밤이면 하나씩 만들어내는데, 인기가 좋아 전시회 때면 찾는 사람이 많아 그이를 신나게 한다.

그러고 보면 이제 고생하던 시절은 다 지난 듯싶다. "편할 만하니까 아프다"고 무릎이며 허리 아픈 것이 걸리기는 하지만 나이들어 몸 아픈 것이야 사람이 어찌할 수 있는 일은 아닐 테고, 그저 "큰딸이 시집을 안 가서 그게 걱정"이라면 걱정이다.

또 하나, 죽전산 이 골짜기가 이삼 년 안으로 사라지는 것도 근심스러운 일이다. 이미 마을 입구에 진을 치고 있는 '효문공업단지' 라는 것이 드디어 이 골짜기까지 확장해 들어오게 되었으니, 이삼 년 안에 이 댁은 근 삼십 년 만에 다시 이삿짐을 싸야 할 형편이다. 집이야 새로 구하면 될 터이나, 이십 년 동안 정성을 들인 논밭이 사라질 것이 마음이 아프다. 땅을 새로 구할 수 있을지도 모르겠거니와, 가뜩이나 몸이 아프고 보면 그야말로 "그놈의 농사" 이참에 그만두어야지 싶기도 하다. 그러면서도 서운함을 이기지 못해 "농사 조만치라도 짓는 데 가야 짚공예도 하지" 생각도 한다.

두 영감 할마이가 어딜 가든 이제는 이만큼 건강하고 정겨운 골짜기 논밭을 이루지 못하겠거니 생각하니 안타깝다. 김제홍 씨의 손 안에서 명맥을 잇고 있는 짚 공예품들을 계속 볼 수 있을까. 신응희 씨의 바지런하고 여문 손으로 담는 다양한 새 순 장아찌와 메밀묵을 다시 맛볼 수 있을까. 미끈하게 잘 깎은 쳇다리 하나 얻어들고 나서는 발길이 그저 가볍지만은 않다.

전남 벌교 강대인, 전양순

밥은 하늘

오행의 원리와 일치하는 다섯 색깔의 오행미를 되살린 벼박사와
큰 살림 꾸리며 음식 잘하기로 소문난 아내,
별의 노래를 헤아리며 벼를 돌보고 사람을 돌보는
부부의 삶은, 부부의 밥상은, 결국 사랑이고 정성이다.

강대인 씨라면 몇 해 전 귀농학교 강의를 들을 때 본 적이 있다. 길게 기른 수염이 예사롭지 않던 그가 직접 벼농사를 지을 뿐만 아니라 혼자 공부하고 실험하여 새로운 벼 품종을 개발하느라 벼에는 도가 튼 '벼박사'라는 사실을 그때 알았다.

그 집 밥상이 걸지고 그 부인의 음식 솜씨가 여간 아니라는 소문에 전라도에서도 맨 끄트머리 벌교로 종일토록 달려갔다. 그 벼박사 댁에 도착하여 들어서는데, 입이 딱 벌어진다. 축구장만한 마당에 큼직한 독들이 즐비한 것이 장관이다. 작은 알항아리는 아예 보이지 않고 하나같이 물독이나 장독, 소금독이었음직한 크나큰 옛날 독들이다. 몇 백 개는 됨직한 이 독들이 다 뭐에 쓰이는 것일까. 그러고 보니, 이 벼박사는 백초액이라는 효소로도 유명한 사람이다. 아하, 효소 항아리구나. 백 가지 풀과 열매 들을 넣어 발효시킨 것이 백초액이라더니, '백'이라는 엄청난 수량이 그제서야 실감이 간다.

백초액은 강대인 씨가 옛 농법에서 되살려낸 것이다. 옛 농서를 공부하면서 익히기도 하고, "산야초를 썩혀 살충제로 쓰면 효과가 있다"든지 "해초 삶은 물이 방충에 좋다"고 하던 집안 어른들의 말을 기억하여 산야초와 해초를 더하여 만들었다. 그리고는 백초액만을 먹으며 단식을 한 뒤 아무런 해가 없음을 확인하고 나서 벼농사에 썼다. 지금도 그는 겨울이면 토굴에서 20일에서 40일을 백초액만 먹으며 단식을 한다.

백초액은 그대로 백 가지 재료를 온전히 갖추었다고는 말할 수 없지만, 이 집 부부는 적어도 구십 가지가 넘는 풀이며 열매로 만들어졌다고 자신한다. 밭농사는 자급용이기도 하지만 백초액을 위한 갖가지 나물을 기르려는 것이기도 한데, 이 밭과 밭을 둘러싼 산에서 직접 거두는 온갖 산나물, 들나물과 열매들, 버섯류 들이 절반이 넘는다. 또 바다를 낀 이점을 활용하여 제철에 대량으로 쉽게 구할 수 있는 돌김이며 다시마니 톳이니 함초 같은 해조류도 포함된다.

이것들을 한꺼번에 섞어 발효시키는 것이 아니라 재료가 구해지는 대로 따로 또 같이 항아리에 넣어 발효시키는데, 재료를 제대로 갖추기까지 보통 3년이 걸린다고 한다. 이 각종 효소들을 걸러내 원액으로 보관하다가 가짓수가 차면 한데 섞어 비율을 맞춰 희석하여 다시 큰 항아리에 넣어 숙성시킨다. 예컨대 매실이 너무 많으면 신맛이 강하므로 토마토며 당근 등을 넣어 신맛을 줄이는 것이다. 이때부터 숙성 햇수를 새로 친다. 이 집 숙성창고에는 이런 항아리가 백 개 정도 되며, 그 중 오래 된 것은 10년이나 묵은 것도 있다.

백초액은 이 집 농사에서나 밥상에서나 종요롭게 쓰인다. 곧, 원액을 희석해서 농약 대신 벼에 뿌려주며, 거르고 남는 찌꺼기는 밭에 퇴비로 뿌려준다. 충분히 숙성된 효소를 걸러 맑은 액체는 팔기도 하고 집에서 먹기도 하며, 인공 조미료 대신 온갖 음식에 쓰니, 부인 전양순 씨 말대로 "버리는 게 하나도 없는" 알뜰한 식품이다.

양념장을 만들 때 설탕 대신 백초액 원액을 쓰면 들큰한 단맛 대신 뒷맛이 깔끔하고, 생선이며 고기 요리에 넣으면 고기 육질이 부드러워지고 맛도 좋아진다. 이 백초액을 처음에는 주위에 아는 사람들한테 직

거래로 팔았는데 입소문이 나자 생협이나 유기농 매장에서도 갖다 놓고 싶어했다. 그래 1996년에 식품 판매 허가를 내어 만든 것이 '우리원 식품'으로, 오행미와 함께 발효식품인 백초액을 포함한 각종 효소와 절임류 등을 판다.

별의 노래를 듣는 사람

벌교는 강대인 씨의 고향이다. 대대로 농사를 짓던 토박이 농사꾼 집안에서 태어나 어려서부터 부친을 도와 농사를 지었다. "잘나가던" 그가 유기농을 시작한 것은, 어처구니없게도 부친이 농약으로 몸을 상해 돌아가시고부터였다. 굳은 각오로 일체 농약을 치지 않는 농사를 지으면서 한편으로 옛 농업서적들을 공부하고 다양한 유기농법들을 연구했는데, 그러면서 마음을 굳힌 것이 농사는 우주의 기운을 받아 짓는 일이라는 것이다.

농사라는 글자를 보자. '농農'은 별 신辰 자에 노래 곡曲 자가 합쳐진 말이다. 글자 그대로 보자면 별의 노래라는 뜻인데, 별의 노래가 무엇일까. 그는 하늘의 기운, 전 우주의 기라고 본다. 곧 농사란 하늘의 기운에 따르는 일이라는 것이다. 농사에 대한 이런 생각은 동서양이 차이가 없는 듯하다. 그가 쓰는 바이오다이내믹 농법, 곧 생명역동농법은 독일 사람이 만든 농법으로 해마다 천체를 관측한 결과를 바탕으로 농사력을 만들어 쓰는 것인데, 우리 조상들이 쓰던 농사력과 일치하는 경우가 많다고 한다.

그가 공부한 바로는, 우리 옛 농사력은 60갑자에 따른 것으로, 사람과 마찬가지로 작물에도 사주가 있다 해서 이를 따져 파종과 수확 등의 길일을 잡는다. 봄이 되었다고 해서 무조건 씨 뿌리고, 가을이라 해서 무턱대고 거두는 것이 아니라, 사람이 큰일을 당할 때 날 받듯이 농사도 날을 받아 지었던 것이다.

그는 유기농업을 해온 20여 년 동안 늘 우주의 원리를 따라 농사를 지어왔다. 이를테면 파종은 땅의 기운이 솟는 음력 초하루부터 보름 사이에, 수확은 하늘의 기운이 커지는 그믐 무렵에 한다. 못자리에 물을 대기 전에 땅을 크게 삼각형으로 구획 짓고 숯을 묻으며, 모를 심은 다음에는 육각형으로 자리를 나누어 대나무를 심는다. 숯을 묻는 것은 땅의 음이온을 북돋기 위해서고, 대나무는 벼가 좋아하는 목성의 기운을 더욱 강하게 받아들이기 위함이다. 우주의 원리에 따라 벼가 생명력을 최대한으로 발휘할 수 있도록 하는 '기생명농법'은 또한 상생의 농법이기도 하니, 하늘과 땅과 사람이 서로 힘을 모아 또 다른 생명 하나를 키우는 것이다.

그 생명을 키우는 사람, 농부는 또한 평화를 짓는 사람이라는 것이 그의 지론이다. 평화의 '화'라는 글자는, 벼 화禾 자에 입 구口 자로 이루어져 있으니, 쌀이 입으로 들어가는 것을 뜻한다. 그는 이 쌀이 아무렇게나 들어가는 것이 아니라 모든 사람 입에 고루 들어가는 것이라고 본다. 밥을 고루 나눠먹는 것이 평화라는 말이니, 새겨볼수록 진리임이 사무친다.

그가 종자 개발에 힘쓰는 것은 유기농을 지키기 위한 노력이기도 하다. "윤기가 나고 찰지며 씹을수록 구수한 맛"이 나는 밥을 그는 으뜸으로 친다. 이렇듯 밥맛이 좋으면서도 튼실한 품종을 개발하기 위해서 그는 꾸준히 종자 교배를 하고, 사라져버린 토종 종자를 구하기 위해 외딴섬을 뒤지는가 하면 중국과 일본까지 찾아가기도 한다. 숱한 시행착오를 겪기도 했으나, 조상들이 지었던 오행미를 되살렸으며, 이제까지 개발한 종자가 대략 80여 가지에 이른다고 하니, '벼박사'라는 이름이 결코 거저 얻어진 것이 아님을 알 수 있다.

1920년대 초에 조사한 바에 따르면 우리 재래종 벼 품종이 수천 가지였는데 현재는 350여 종이 남았다 한다. 재래종은 아니지만 우리 벼인 통일벼가 수확량은 많지만 밥맛이 없었던 것과 달리 한때 밥맛 좋기로 소문났던 아키바레니 고시히카리가 본디 일본 종자이고 보면, 우리 종자 개발에 들이는 그의 노력이 귀하다 아니 할 수 없다.

이즈음에도 그의 실험 정신은 끊이지 않아서 12,000평 논 한 구석에는 갖가지 종자를 심어놓았는데, 앞에 팻말 단 150평 남짓 종자포가 두 빼미 있고, 모판 낼 때도 줄마다 다른 종자를 심어 비교 관찰한다.

그뿐인가. 우주의 기운을 받고, 평화를 짓는 일이 농사인 만큼 그는 농사일 하나하나에 몸과 마음을 새롭게 여민다. 논이 워낙 넓은 데다가 일손 구하기도 어려워 기계를 쓰지 않을 수 없지만 종자로 쓸 볍씨만큼은 늘 맨손이나 고무신으로 다듬고, 손으로 모를 내며, 수확할 때는 낫질을 해서 홀태로 훑는다. 마치 어린 자식 대하듯 세심하고 정성스레 벼를 대하니, 논에 갈 때마다 그는 논 구석구석을 돌며 박수를 치든 말을 건네든 벼에게 인사한다. 아비가 왔다고.

　오행미를 잠깐 설명하자. 이 쌀은 각각 색깔이 다른 다섯 가지 쌀을 함께 이르는 말이다. 흰색의 백미, 황색의 현미, 붉은색의 적미, 푸른색의 녹미, 그리고 검은색의 흑미인데, 그 각각의 색깔이 오행의 원리와 일치한다. 동에 해당하는 녹미, 서에는 백미, 남에는 적미, 북에는 흑미며 중앙에 황색의 현미다. 오색 쌀이 다 나름의 약효가 있다 하는데, 특히 흑미는 '동의보감'에 따르면 신수, 즉 콩팥에 좋거니와 당뇨병에도 좋다. '동의보감'에 이름들이 거론된 것을 보면 옛날 사람들이 이 색깔 있는 쌀들을 길러 먹었음이 분명한데, 우리나라에는 없어 그가 그 고생을 했던 것이다.

나배기 두부전골에 3년 묵은 고추장

　　　　　"손님 오시는 줄 모르고" 일 보러 읍내 나갔던 전양순 씨가 부랴부랴 들어서더니 뚝딱 저녁 밥상을 차려왔다. 따뜻한 두부전골과 따로 맑은 조갯국이 냄비째 올라와 있고, 배추김치와 갓김치가 모양 좋게 그릇에 담겨 있다. 김과 가죽 자반이 나란히 놓이고, 이 지역에서는 '찔그미'라고 부르는 방게 무침이 먹음직스럽게 놓여 있고, 한켠에 갖가지 채소를 넣고 무친 채소 무침과 매실 절임도 얌전하게 올려져 있다. 그리고 그 이름난 오행미로 지은 포실한 밥 한 그릇.

　갖은 색깔이 어우러진 때깔 고운 밥은 오래 씹을수록 구수하고, 역시

처음 먹어보는 매실 절임은 달곰새콤한 첫맛보다도 아삭아삭 씹히는 맛이 더 좋은 것 같다. 기름에 튀기지 않아 질깃거리는 가죽 자반, 오래 잊어 버렸던 쌉쌀하면서도 매콤한 맛이 반갑기만 하다.

조선간장에 물을 조금 타서 다시마, 멸치, 새우, 표고버섯 등을 넣고 달인 물을 부어 담근 게장에 고춧가루를 넣어 버무린 게장무침도 그렇거니와, 특히 멸치젓 넣고 담아 전라도 음식 특유의 곰삭은 듯하면서도 깊은 맛이 나는 김장김치는 밥도둑처럼 자꾸 손이 가는데, 이 간간짭짤한 양념 맛을 시원한 조갯국이 달래 준다.

채소 무침은 그때그때 있는 대로 쓰는 즉석요리인데, 이 날 이 집 냉장고에서 나온 재료들은 쌈거리로 쓰이는 다양한 푸성귀들과 당근, 적채, 양배추, 우엉, 고구마들이다. 이들을 가늘게 채썰어 한데 모두고 소스를 끼얹어 무친다. 마침 떨어진 들깨가루는 못 넣었지만, 백초액과 3년 묵었다는 매실 식초에 소금과 통깨, 땅콩가루 등을 섞어 만든 소스는 새콤달콤하며 고소해서 채소 맛을 상큼하니 돋운다.

가득 찬 밥상을 고추장 종지가 비집고 올라온다. 칙칙하다 싶을 만큼 색깔 짙은 고추장은 약간 텁텁한 듯하면서도 맵싸한데, 입 안에 남는 단맛이 깔끔하다고 감탄하자, 전양순 씨는 물엿을 쓰지 않았기 때문이라고 한다. 그대로 살짝 찍어 먹어도 맛있거니와, 밥상 끝머리에 나오는 쌀뜨물 넣고 끓인 누룽지에 특히 잘 어울린다.

고추장 만드는 법을 잠깐 소개하자. 찹쌀을 씻어 이십 일 동안 항아리에 담아 둔다. 찹쌀이 상하지 않을까 염려스러운데, 절대 안 상한다고 한다. 그 전에 콩하고 밀을 함께 섞어서 띄웠다가 말려 가루를 내 놓는

데, 이 가루하고 찹쌀 씻어놓은 것을 함께 옹기 시루에 쪄서 고두밥을 해서 담아놓으면 잘 삭는다. 여기에 소금물을 부어서 익반죽을 한다. 이 것을 항아리에 넣어 두면 발효되고 숙성이 되면서 색이 좀 칙칙해진다고 한다. 그러나 맛은 기막힌 고추장이 되는데, 이 날 밥상에 3년 묵은 고추장이 오른 것이다.

이 날 저녁 밥상에서 이른바 메인 요리는 두부전골일 테다. 갑자기 손님이 올 때 전양순 씨가 즐겨 만들어낸다는 이 음식은, 전골에 흔히 들어가는 고기 대신 나배기를 썼다. 대합만큼 큰 조개를 나배기라고 부른다는데 "끓여놓으면 국물이 시원하고 해감도 별로 없다"고 한다. 일손 돕는다는 핑계로 옆에 서서 엿보았더니, 우선, 큼지막하고 속이 깊지 않은 냄비에 물을 붓고 멸치를 넣고 끓이는데, 틈틈이 쌀뜨물을 부어가며 자작하게 끓인다. 중간에 나배기를 냄비 밑바닥에 깔듯이 넣고 끓이다가 양파를 큼직큼직하게 썰어 넣고, 그 위에 두부를 역시 먹음직스럽게 도톰하니 썰어 보기좋게 얹는다.

이것이 한 소끔 끓을 동안 양념장을 따로 만든다. 양파와 풋고추를 종종종 다지고, 마늘을 다지고, 고춧가루를 좀 넣고 참기름을 몇 방울 떨어뜨리고, 따로 끓이던 조갯국 국물을 좀 넣어 휘젓고는 조선간장과 백초액 원액을 넣어 간을 맞춘다. 이 양념장을 두부 위에 끼얹고는 뚜껑을 덮고 불을 세게 해서 한 번 끓어오르면 불을 끄고 상에 올린다. 국물은 국물대로 멸치와 조개 맛이 우러나 시원하고, 두부는 양념이 세다 싶은데도 슴슴하고 부드러워 맛깔지다.

파도 빠졌고, 버섯도 위에 올려 "멋도 부리고 해야 되는데" 못했다고 전양순 씨는 못내 아쉬워하는 눈치지만, 버섯이니 장식이니 없어도 얼마나 보기 좋고 맛있는 전골인지. 그야말로 눈이 즐겁고 입이 행복한 밥상이었다.

결국은 사랑이고 정성이다

　　　　　　　　규모가 작을 때는 부부가 함께 밭농사도 하고 효소도 만들었으나, 점차 규모가 커지고 일이 늘어나면서 이제 밭농사와 우리원 식품을 포함한 안살림은 전양순 씨 차지가 되었다. 워낙이 벼농사며 종자 문제에 골몰하는 강대인 씨가 정농회 회장을 맡으면서 부쩍 바깥일로 바빠졌기 때문이기도 한데, 아울러 "무슨 일이고 어렵지 않고 겁내지 않는" 그이 성격 탓도 크지 싶다.

　효소며 절임 만드는 일도 직접 나서서 하거니와, 주문 받고, 포장해서 택배로 보내는 일까지 몽땅 그이 몫이다. 게다가 그이가 수발들어야 하는 사람도 한둘이 아니다. 그이 혼자 손으로 구십 몇 가지 풀며 열매를 다듬고 담는 일을 다 할 수 없어서 손 빌리는 아주머니들과, 한 10년 전부터 이 집에 유기농 실습 오는 수원 농업전문학교 학생들을 챙겨야 한다. 보통 서너 번 김매는 고추밭이나 논 김맬 때면 그이도 호미 들고 나설 뿐만 아니라 열다섯에서 스무 명까지도 되는 아주머니들 밥을 거뜬히 해서 날라다 준다. 이 집을 찾는 손님들은 오죽 많은가. 네 아이들도 아직은 엄마 손을 탈 때니, 그이가 감당하고 있는 일의 규모가 얼

른 가늠이 안 갈 정도다.

시어머니와 시누이 모시던 결혼 초부터 "비가 오나 맑으나 일 많이 하고 살았다"는 그이는, 그러나 그 고된 세월을 수굿이 견뎌내면서 도리어 어지간한 사람은 감당 못할 두름손을 키우고 뒷심을 다지게 된 게 아닌가 싶다. 바지런하고 너글너글한 심성에 끌끔한 일솜씨가 더해지고 여문 손맛이 더해져 느닷없는 저녁 밥상을 허둥대지 않고도 맛깔지게 차려낼 수 있었을 것이다.

이 집 식구들은 밥 투정이니 반찬 투정하는 일이 없다. 한때 "밥 굶을 때"도 있었으나, 달랑 김치 하나 놓인 밥상을 놓고도 그이가 옆에 앉아 김치 죽죽 찢어주면 아이들은 달게 밥 한 그릇 먹어치웠으니, 음식도 "결국은 사랑이고 정성이다"고 그이는 굳게 믿는다. 밥상을 차리는 데 정작 중요한 것은 손맛이나 푸짐한 가짓수보다도 마음이라는 것이다. "따뜻하게, 바로바로 해서 차리면, 그걸로 족하다"고 생각한다.

이 정성은 강대인 씨가 벼를 대하는 지극한 마음과 다르지 않을 터. 기는 하늘과 땅과 벼 사이에만이 아니라 사람과 사람 사이에도 두루 영향을 미치니, 사람을 살리는 농법은 사람을 살리는 밥상으로 이어진다. 몸이 안 좋거나 마음 한 구석이 불편할 때 만든 음식이 맛이 없다는 것은 음식 해 본 사람은 누구라도 경험한 바가 있을 것이니, 그이는 나아가 식구들 몸과 마음에도 좋지 않은 영향을 미친다고 생각하고 음식을 할 때면 늘 밝은 마음을 가진다. 부엌 또한 늘 밝아야 한다고 집 동쪽에 자리잡게 하는 것도 그런 이치에서다.

일년 내내 장만하는 든든한 밑반찬

　　　　　　　숱한 사람 오고가는 집인지라 밥상 한 번 차리면 둘러앉는 사람이 열을 넘기기가 허다한 만큼, 그때마다 허둥대지 않고 밥상 차려내려면 가장 좋은 방법이 밑반찬 든든하게 장만해 놓는 일이다. 게다가 그이는 음식하기 좋아하는 사람이니, 산과 들이 있고 바다를 낀 이 지역의 풍성한 먹을거리들을 그대로 버려둘 수 없을 게다.

　봄이면 고흥 쪽에서 많이 나는 매생이나 염장 다시마를 구해, 먹을 만큼씩 나누어 봉지에 담아 냉동실에 저장해 둔다. 남쪽이라 흔한 죽순도 미리미리 손질해 데쳐서 냉동실에 넣어 놓고 쓰는데, 회로 먹어도 좋고, 찌개에 넣어 먹기도 한다. 딸기잼 만들고 나면 남는 딸기도 꼭지 따고 으깨어서 또 먹기 좋게 나누어 냉동실에 넣어 두면 한여름에 향기 좋고 싱싱한 딸기 아이스크림도 먹을 수 있다.

　가죽 부각도 이때 만들어둔다. 잎 피어버리기 전에 올라오는 어린 순을 "똑똑" 끊어서 끓는 물에 데쳐낸 뒤 물기를 뺀다. 물기가 빠지면 뭉칠 만큼 몇 잎씩 모아서 그늘에 살짝 말린다. 그리고 찹쌀풀을 쒀 바른다. 찹쌀풀은 마늘이며 고춧가루 좀 넣고, 풋고추도 다져 넣고 간장을 조금 넣어 쑨 것이다. 풀을 발라서 햇볕에 말리면 일년 내 먹을 밑반찬 하나가 쉽게 준비된다.

　여름 끝날 무렵이면 풋고추니 오이 따서 피클을 담는데, 특히 풋고추는 서리 올 무렵에 따야 야물어 제맛이 난다. 고추는 바늘로 콕콕 찌르거나 해서 숨구멍이 트이게 하고, 현미식초와 황설탕을 섞고 소금으로

간을 한 물에 담는다. 끓여 넣어도 되지만 그대
로 부어도 되는데, 좀 싱거워질 수도 있으니
처음에 간을 좀 세게 하는 편이 좋다. 봄이며
가을에 담는 고들빼기 김치는 멸치젓을 넣어 쌉
싸름한 맛이 별미다.

겨울을 앞두고는 유과며 쌀강정, 콩강정을 만들고, 현미 튀밥까지 해
놓는다. 녹미로 만든 찰시루떡도 빠트리지 않는다. 연근 정과도 그이가
잘하는 음식이다. 논 옆에 있는 방죽에 피는 연꽃의 뿌리를 캐어 썰어
삶은 뒤 좀 "비뚤비뚤 말려서" 졸인다. 생것을 그대로 쓰면 부숴지기 쉽
기 때문이다. 졸일 때는 조청과 황설탕, 물을 연근이 잠길 만큼 풀어서
은근한 불에 하루 꼬박 졸인다. 겨우내 아이들 간식이며 손님들 대접할
거리가 또 하나 장만된다.

아무튼 온갖 음식 재료와 완성된 음식으로 이 집 냉장고는 부엌에 있
는 가정용과 메주 띄우는 공장에 있는 영업용 두 개가 다 빌 날이 없다.
이를 두고 강대인 씨는 "집에 냉장고 크면 병 많다고 잔소리"하고, 전양
순 씨는 "제철 지나면 못 먹는 것들 보관"을 주장하며 "맨날 싸운다".

끼니마다 밥상에 둘러앉는 사람이 열댓 명이고, 효소며 장류를 위한
항아리가 무려 1,500개가 넘고, 벼 창고니 자재 박스 창고니 숙성 창고
니 해서 창고가 너댓 개가 되며, 만들어 내는 제품이 스무 가지에 이르
면 대살림이다. 논밭이 넓디너르고 식품 공장까지 운영하는 만큼 기계
를 쓰거나 자동화 같은 걸 생각해 볼 수도 있겠는데, 강대인 씨와 전양

순 씨는 "옛날 거 좋아해서" 손 쓰는 것을 고집한다. 공장에서 자동화를 하면 훨씬 일이 수월하고 양도 많아지겠지만 "이대로가 좋다". 특히 대량 판매는 생각도 안 한다.

무엇보다 유기농산물이 그렇게 많지가 않다. 생산에 비해 소비가 급증한 탓이다. 자연식이니 웰빙이니 하는 바람 타고 대형 백화점과 할인점에서 유기농산물을 쓸어가는 것은 물론이요, '나물 기행'이란 명분으로 도시인들이 차로 몰려와 산 하나를 "싹쓸이해" 가는 일이 허다하니, 산나물이고 들나물이고 점점 자취를 찾기 힘든 지경이다. 이 집에서는 일찌감치 백초액을 만드느라 밭에 온갖 나물들을 씨뿌리고 모종을 구해 심어 놓긴 했으나, "야생이 없어진다"는 생각에 전양순 씨는 마음이 편치가 않다.

이제 봄날은 갔다. 쑥이며 미나리, 솔순, 칡순, 아카시아를 기웃거리던 눈길을 밭으로 돌릴 때다. 아직 하지는 멀었으니 태양의 기를 받아 온갖 푸성귀며 열매들이 싱싱하고 올차게 자라나고 논일도 바야흐로 한창일 때다. 할 일도 점점 늘어나겠지만, 자연의 기가 충만하여 건강하고 풍성하며 맛난 밥상은 변함없을 것이다.

경북 울진 강문필, 최정화

밥은 신명

울진 통고산 첩첩 산중에서 생명을 살리는 큰 배,
방주공동체를 이루었으니 토종농사꾼 부부가 그들이다.
공동체 식구들과 풀과 벌레, 작물들과 꽹과리 치며 신명나게 어울리니
그 밥상에도 신명이 오른다.

내일 모레가 대서인 7월 하순. 음력 6월이니 "큰비도 때때로 오고 더위도 극심하다"고 한 옛말이 정녕 그른 것이 없다. 해마다 여름 땡볕의 열기가 더해가더니, 올 여름 더위는 어찌 이리 무서운지. 울진군 서면 쌍전리의 방주농원, 백두대간 깊은 산골의 품에 안겼다고 이 더위를 피해갈 수는 없을 터.

이럴 때 이 집 부부 밥상은 단촐하기 그지없다. "찬 밥에 고추 찍어 먹고, 오이 찍어 먹고, 오이 냉채 해먹"는 것으로 한 끼 끝내기 일쑤인데, 이 날 점심은 골짜기로 찾아든 손들을 위하여 땀 흘려 가며 몇 가지를 상에 더 올렸다. 새로 지은 현미잡곡밥에 호박과 풋고추 숭숭 썰어 넣은 된장찌개를 가운데 하고, 김치와 고등어 구이, 갖은 채소를 종종종 썰어 넣어 두툼하게 지져낸 달걀부침, 짭짤하고도 매콤한 맛이 도는 마늘쫑 장아찌, 그리고 싱싱한 풋고추 한 접시다.

현미에 흑미, 보리, 갖은 콩, 옥수수까지 넣고 압력솥으로 지었다는 밥은 낱낱이 다른 곡식들이 한데 어울려 단맛까지 도는데, 잡곡이 많이 들었음에도 차진 것이 흑미 때문인가 했더니 안주인은 옥수수라고 설명한다. 찰강냉이를 갈아 섞어 밥을 지으면 차진다는 것이다.

김치가 눈길을 끈다. 배추물김치라 해야 할까, 먹음직스럽게 자른 통배추가 물에 흥건히 잠겨 있는데, 싱싱한 배추 맛이 그대로 살아 있고, 국물도 개운하며 시원하다. 만드는 법이 아주 간단하다. 찹쌀풀을 뻑뻑하지 않게, "아주 후름하게" 쒀서 소금을 넣어 간을 본 뒤에 그대로 생배추에 붓고는 파 마늘을 적당히 넣는다. 설탕이며 다른 감미료를 일체

넣지 않았는데도 단맛이 도는 것은 아마도 이 집 밭에서 키운 배추 맛이지 싶다.

그 물김치 옆에 배추김치는 놀랍게도 지난해 김장김치란다. 겉보기에도 생생하거니와 입에 넣고 씹는 맛이 여간 아삭거리고 싱싱하지 않다. 그 비결은 필경 저장법에 있지 않을까 싶더니, 과연 보통 김칫독보다 흙을 사오십 센티미터쯤 더 깊게 파고 항아리를 묻는다고 한다. 비닐 같은 것 쓰지 않고 맨 독에 김치를 넣고는 밀봉해서 고무줄로 꽁꽁 입을 묶고는 그 위에 그대로 흙을 메운다. 꺼낼 때 이 흙을 다 파내고 꺼내야 함은 물론인데, 이 집 부부 생각에 땅을 더 깊게 파면 더 오래 갈 것 같단다.

오래 먹을 것은 물론 양념도 달리 한다. 마늘을 적게 넣고 설탕은 아예 넣지 않으며, 소금 간이 좀 짭짤해야 한다. 그래야 "오래 가고 덜 쉬고, 무르지 않는다". 지난 겨울에 김장을 사백 포기 해서 "한 삼 년 내둬 볼라고" 했더니, 이 집 김치 맛을 아는 주위에서 김치 꺼내달라고 아우성을 치는 바람에 엊그제 독을 파냈다고 한다. 이리저리 보내고 김치냉장고의 김치통으로 달랑 두 통 남은 것을 맛보았으니 참 운이 좋다.

산 속임에도 또한 울진 바닷가까지 30분이면 갈 수 있으니, 산 끼고 바다 끼어 물산이 풍부한 지역인데, 안주인 최정화 씨는 "먹는 데 그렇게 신경 안 쓴다"고 말한다. "여기서 나는 걸로 만족한다"는 것이다. 간혹 손님들이 사오는 고기를 맛보기도 하고, 바닷가에서 생선 좀 사다먹는 일도 있지만

"밭에서 나는 것도 다 못 먹는데, 고기까지 먹는다는 것은 없는 사람한테 부끄러운 일"이라 "배추, 고추, 된장, 고추장만 있으면 오케이"라고 한다. 이 날 밥상이 그렇다. 별난 반찬이나 특별한 요리 없이 평범하며 수더분한 밥상이지만 친숙하여 정감 있고 생동감이 있으니, 이들 부부 사는 모습이 눈에 그려진다. 집 입구에 다정하게 세워진 잘생긴 장승 한 쌍처럼.

고추밭에서 징 치고 꽹과리 치는 부부

이곳은 깊고도 높은 산 속인지라 찬바람은 일찍 찾아들고, 봄 소식은 늦으니 농사가 쉽지 않다. 고랭지라 채소는 비교적 잘되는 편이지만 그 또한 늘 형편이 같지만은 않아서 옥수수는 멧돼지가 먼저 실례하는 일이 많고, 고추는 일조량이 약해서 서너 번 따고 나면 다 따기도 전에 서리가 내리며, 호박도 벌레가 많아 잘 안 된다.

농사꾼에게는 그리 매력적인 땅이 못 된다 할 수도 있겠으나, 강문필 씨와 그의 든든한 부인 최정화 씨에게는 "모든 생명체가 공생의 삶을 누리는" 생명의 터전이 될 땅이다. 젊어서 이런저런 직업을 갈아들이며 밑바닥 삶을 보내기도 하고, 남보다 갑절의 농약을 치며 농사를 짓기도 했던 고달픈 시절을 보내고 이제 유기농 농사꾼으로서 근 20년의 이력을 갖게 된 그가 마지막 화두로 삼고 있는 것은, 자신의 집에 내건 편액에 쓰여 있듯 '도법자연'이니, 자신이 뿌리내린 이 산 속에서 그 자연조건의 뜻을 헤아려 생명의 질서를 깨뜨리지 않는 조화로운 삶을 누리고자 한다.

사람만 생명이더냐. 땅도 풀도 벌레도 다 똑같은 한 생명이 아니더냐. 그의 '신바람 농법'이 그래서 태어났다. 작물도 생명인 만큼 신바람 나게 즐겁게 대해 주어야 한다고 생각하고, 밭 가운데에서 징과 꽹과리를 장단에 맞춰 두들기는 것이다. 애초에는 천둥번개가 치자 진딧물이 떨어지는 것을 보고 착안한 것인데, 실제로 진딧물도 많이 사라질 뿐만 아니라 다른 밭보다 작물들이 더 건강하게 잘 자라는 것을 확인하고는 이후로 부부가 틈틈이 밭에 들어가 한바탕 논다. 한 사람은 징을 치고 한 사람은 꽹과리를 두들겨주는데, 악기를 두들기다 보면 사람도 신바람이 나고 흥이 오를 것은 당연지사라, 한번은 신명난 강문필 씨가 고추밭에 발가벗고 들어가 뒹굴면서 꽹과리를 쳐댄 일도 있다 한다.

농사 규모가 워낙 커진 다음에야 예초기니 트랙터 같은 것을 쓰기도 하지만 농삿일에 거의 기계류를 쓰지 않는 것도 마찬가지다. 되도록 땅에 상처를 덜 내고자 함이니, 3년 전에 소를 팔기 전까지는 소가 끄는 쟁기로 밭을 갈았다. 점점 일이 많아지면서 "사람은 굶어도 소는 먹여야 되는" 형편이 너무 힘들어 소를 판 뒤로는, 그와 부인이 "서로 소가 되어" 쟁기를 끈다. 밭이 넓은 만큼 봄에 먼저 트랙터로 로터리를 치는 때를 제외하고는 부부가 쟁기를 가지고 "앞에서는 끌어 주고 뒤에서는 밀며" 밭을 가는 것이다.

이제는 퇴비도 직접 만들어 밭에 뿌리지만, 유기농을 시작한 첫 몇 해 동안은 퇴비할 돈도 없고 방법도 몰라 오로지 풀만 열심히 뽑았다.

병충해로 농사를 망치기도 하고, 소출도 적거니와 제값도 받지 못해 끼니를 걱정하며 지내기도 했으나, 그럼에도 유기농에 대한 고집을 꺾지 않은 것은 농약 치고 비료 치는 "화학농업은 땅도 죽고 사람도 죽는 살생농업"이라는 생각이 확고했기 때문이었다.

죽임의 농사가 아닌 살림의 농사, 생명의 농사를 저 혼자 지어서는 그 깨달음이 무위로 돌아갈 터. 그는 마을 사람들을 설득해 유기농 작목반을 만들고, 방주공동체란 이름을 붙였다. 불경을 공부하는 기독교인으로서 성경 속의 '노아의 방주와 같은 존재가 되어 죽어가는 자연을 보존하고 자연과 인간이 상생하는 세상을 만들고자' 하는 뜻인즉, 공동체 식구들과 함께 한 달에 한 번씩 모임을 갖고 농사 얘기는 물론이고 환경 문제에 관한 공부와 토론을 게을리 하지 않는다.

봄, 산나물에 취해 산다

첩첩한 산자락은 이들에게 중요한 생활의 터전이 된다. 사람의 손이 가지 않아도 절로 나고 자라는 산나물과 열매들은 오히려 밭작물보다도 더욱 생생한 생명력을 가지고 있으니, 안주인 말처럼 "산에서 뜯어서 골고루 먹으면 그게 보약이다."

봄이라면 역시 산나물이다. 흔히 냉이를 봄에 제일 먼저 나는 나물로 알지만 냉이는 겨울에도 캘 수 있는 것이고, 이 일대에서 산에 나는 것으로는 홑잎이 제일 먼저다. 귀전우라고도 하는 홑잎은 한약의 약재로도 쓰이는 것으로, 자라서 줄기에 가시 같은 게 나오면 그걸 잘라 쓴다고 한다. 여자들 생리 불순에 좋다고 하는데, 홑잎이 많은 동네는 여자들이 아이를 잘 낳는다는 속설도 있다. 뜯어놓은 홑잎은 "시퍼렇게 삶아서" 고추장에 비벼 먹으면 "완전히 죽여준다".

홑잎이 가고 나면 계곡을 끼고 흐르는 물가 쪽에 칼로 뜯어먹을 수 있는 나물들이 있다. 뾰족하게 새 잎이 올라온다고 해서 콩나물이라고 부르는 것이 있고, 꽃나물이니 물강알이라는 "싸브리하면서도 맛있는" 나물들이 잇달아 자라 나른한 봄날 잃어버린 입맛을 찾아준다. 이 나물들을 한참 먹다 보면 취나물이 나오고 두릅이 나온다. 그러니 봄에는 산나물에 취해 있다. 얼마나 풍성한지 밭에 "상추라도 갈아 놓으면 그거 먹을 시간이 없을 정도"다. 그뿐인가. 가을이면 머루니 다래니 오미자니 가시오가피니 온갖 열매가 손을 기다리고 있고, 귀하다는 송이도 지천이다.

보약이 어디 산나물뿐이겠는가. 진수성찬이라는 것과는 무관하나 밭에서 길러 제철에 먹는 싱싱한 채소들도 여태껏 병원 신세 져본 적 없이 건강한 이 집 식구들의 보약일 게다.

드물게 손님들을 위하여 육계장이니 탕수육이니 하는 요리를 만들 때도 있지만, 최정화 씨가 솜씨를 발휘하는 것은 주로 일상적이고 평범한 음식에서다. 이 집 식구들이 가장 좋아하는 것은 김치 부침개이며, 그 서방님이 특히 맛있다고 추천한 것은 감자조림이다. 흔히 볼 수 있는 평범한 음식인데도 그이가 만든 것을 먹어본 사람들이 한결같이 감탄하며 만드는 방법을 일러달라고 조른다는데, 정작 그이조차 모르는 그

비결은 손맛이겠거니 싶다.

　어쨌거나 만드는 법을 들었다. 감자 껍질을 긁어서 한 입에 들어가게 자른 뒤에 졸이는데, 왜간장 좀 넣고 미강유 두 숟가락 정도 넣고, 설탕과 마늘, 고춧가루도 좀 넣고, 양파를 감자 모양대로 잘라 넣고는 물을 조금 붓고 약한 불에서 "쪼글쪼글" 졸인다. 마지막으로 위에 파를 쫑쫑 썰어 놓는다. 조심할 것은 물의 양이다. 감자가 잠길 정도도 안 되고 냄비 바닥에 물이 보일 정도면 된단다. 한 번 끓으면 불을 최대한 낮춰서 졸인다. 뒤적이지 말고 그대로 뚜껑을 덮은 채로 아주 약한 불에서 졸이다가 젓가락으로 찍어 보아 다 익었으면 꺼낸다.

　손님이 와도 그이의 상차림은 특별하지 않고 이렇게 "감자 졸가 먹고", 이 지방에서 "분추"라고 부르는 부추를 젓갈에 무치고, 풋고추에 밀가루를 입혀 찌는 등, "산골이니까 산골 음식 많이 해준다".

　찬바람 불고 서리 올 때까지 놔두었던 늙은 오이, 노각도 그이가 즐겨 다루는 음식 재료다. 깎아서 소금에 절인 뒤, 고추장과 고춧가루, 마늘을 넣고 무쳐먹는데, 연한 파란 오이보다 훨씬 더 맛있다. 보관만 잘 하면 가을에 딴 늙은 오이를 모아뒀다가 겨울 늦도록 맛있는 오이 무침을 먹을 수 있다. 그 무렵이면 바깥 날씨도 서늘한 때니 밖에 내다 놓아도 한참은 간다고 한다. 단 겨울에는 얼지 않도록 해야 할 것이다.

　빼어난 손맛 때문에 무엇이든지 다 맛있다 소리 듣는 중에 특히 소문난 것으로 단무지가 있다. 흔히 왜무라고 하는 단무지용 무를 김장 무 심을 때 같이 심었다가 캐낸 뒤 소금물을 짭짤하게 만들어 붓고는 제일 위에 왕겨를 덮는다. 속이 안 보일 정도로 단지 가득 넣어야 된다. 그 왕겨를 들춰서 꺼내 먹는데, 해를 넘겨 이듬해 봄, 여름을 지나 햇것이 나올 때까지도 계속 먹을 수 있다고 한다. 먹을 때는 단무지를 썰어 소금과 설탕을 탄 물에 담아 내면 그 물까지 떠서 먹을 수 있다.

다시마물로 만드는 깻잎짠지

깻잎짠지를 **빼놓고** 넘어갈 수는 없겠다. 깻잎짠지를 하려면 우선 깻잎을 따 손질하는 것부터 일이 시작된다. 가을에 따면, 낮에는 손질할 시간이 없어 밤에 꾸벅꾸벅 졸면서 "깐총거린다". 한 잎 한 잎 차곡차곡 정리한다는 말이다. 깐총거린 깻잎을 적당량씩 실로 꽁꽁 묶어 항아리에 넣고 돌로 꼭 눌러 놓고는 물을 부어 삭힌다. 대개는 이때 소금물을 넣는다는데, 최정화 씨는 맹물을 붓는다. 맹물이라도 오래 두면 삭을뿐더러 쉬 무르지 않는다. 돌로 꼭 눌러 놓으면 가을에 늦게 꺼내도 되고 해를 지나 이듬해 봄에 꺼내도 아무 상관이 없다. 여름이라면 무르겠지만, 찬바람 부는 때 물을 부어 놓으니 물러질 일이 없는 것이다. 그러나, 일단 물을 붓고 나면 그 뒤로는 다시 물이 들어가면 안 된다는 것은 장아찌 담아본 사람이면 다 알 만한 얘기다.

오래 두어도 상관은 없지만 이 집에서는 대개 김장할 때 깻잎 삭힌 것을 꺼낸다. 그리고 일단 찬물에 헹군다. 삭혀놓은 것이 아무래도 냄새가 좀 나기 때문이다. 이 씻는 일이 큰일이다. 꽁꽁 묶었던 실을 끌러 깻잎 꼬투리를 잡고는 하나하나 씻어내고, 씻고 나면 또 한 잎 한 잎 닦아

낸다. 사람 손이 엄청 들어가는 일이다. 그 뒤에 삶는데, 슬쩍 데치듯이, "퍼뜩 끓는 물에 들어갔다 나오듯" 해야 한다.

깻잎을 준비했으면 양념장을 만든다. 우선 무, 다시마, 멸치, 명태 머리 따위를 물에 푹 끓이는데, 조선간장과 왜간장을 반씩 섞고, 달인 젓갈을 조금 넣는다. 이렇게 끓인 물을 식혀서 이 물에 김치 담듯 만든 양념장을 섞는다. 다만 이 양념장에는 간장이 들어가는 것이 다르다. 설탕도 좀 넣고, 엿도 좀 넣어 양념을 하는데, 먹어봐서 좀 짠 듯해야지 심심하면 익은 뒤 맛이 없다. 깻잎짠지에서는 이 양념장 만드는 일이 맛을 내는 비결인 것 같다. 어떤 것은 먹다 보면 깻잎이 말라 결국 버리고 마는 경우도 있는데, 마르지 않게 하려고 간장을 많이 넣다 보면 짜지기 마련이다. 다시마 물을 끓여 섞는 것은 이럴 때를 대비한 것이니, 이렇게 담근 깻잎짠지는 "찰팍찰팍하면서도 짜지 않고 간이 맞는다".

이 양념장을 깻잎에 바르는데, 이때도 깻잎을 깐총거려 한 장 한 장 발라야 양념이 고루 간다. 일일이 손으로 양념을 바르려니 오죽 힘들겠는가. 정 힘들면 더러 댓 장씩도 묶어 양념을 하는데, 그렇다고 해서 깐총거리지 않고 막 버무리면 "이상하게 맛이 없더라"는 것이 그이 경험이다.

김장도 배추김치며 알타리, 물김치 해서 고루 담는데, 이즈음에는 바빠서 못하지만 예전에 참 맛있게 먹은 것이 무청김치다. 가을에 무를 뽑으면 무 이파리 중에서 좀 억센 것은 뜯어내 버리고 부드러운 것으로 골라 손질을 한다. 그걸 차곡차곡 항아리에 담고는 소금물을 좀 짠 듯하게 타 부어 놓는다. 무는 서리 내리기 전에 뽑아야 되기 때문에 김장

할 무렵까지는 시간이 있는데, 그동안 적어도 한 달 정도는 소금물에 푹 담궈 놓는 것이다. 소금물에 절인 것을 김장할 때 꺼내어 하루쯤 울궈낸다. 먹어보고 심심하면 꺼내서 양념을 하는데, 고춧가루와 마늘만 넣는다. 그렇게 버무려 다시 항아리에 넣고 꼭 눌러놨다가 때마다 꺼내 먹으면 "배추김치 저리 가라" 할 정도로 맛있다고 한다. 칼칼하면서도 담백한 무청의 맛이 상상이 가는데, 그 맛을 잊지 못해 올해는 다시 해보려 한다.

젓갈 얘기를 보태야겠다. 이 집에서 쓰는 젓갈은 꽁치 젓갈이다. 꽁치로 젓 담는다는 말은 이 집에서 처음 들었는데, 가까운 동해에 흔하지 않은 멸치 대신 "많이 잡히고 만만한" 꽁치를 이용하는 것이다. 그 쓰임새나 담는 법은 멸치 젓갈과 다를 바가 없으니, 이 집에서도 김치 담을 때는 물론이요, 나물을 무치거나 갖은 반찬에 조금씩 넣는 등 요긴하게 쓴다.

유기농산물로만 만드는 된장과 고추장

사실 농사는 "식구들 먹을 거나 되지 돈은 안 된다". 2002년에 식품 가공 공장을 지은 것도 그런 까닭에서다. '산골된장'이라는 상표를 달고 주로 한살림으로 나가는 이곳 된장은 유기농콩으로 만든다. 강문필 씨는 '무농약'도 아닌 '유기농' 콩으로 된장 만드는 곳으로는 전국에서 최초라고 자부하는데, 문제는 유기농 콩 구

하기가 하늘에 별 따기만큼 어렵다는 점이다. 지난해에는 콩 60가마로 된장을 만들었다. 공동체에서 재배한 콩만으로는 어림도 없어서 한살림 생산자의 콩을 사는데, 필요한 양은 얼추 200가마인 데 반해 겨우 구한 게 60가마였다. 어쨌거나 이 콩 60가마를 콩 한 가마가 들어가는 솥 일곱 개에 쉬지 않고 불을 때 한 달을 삶았다. "오늘 삶아서 찧어서 달고, 내일 또 삶아서 찧어서 달고" 하는 식으로 한 달 정도 하고 나면 "겨울이 다 간다." 그렇게 만든 된장, 효소, 간장 따위를 한살림에 내는 데 없어서 못 팔 정도로 인기가 좋다.

몇 해 전부터 방주공동체에서는 야콘 재배에 힘을 쏟고 있다. 이곳 토양과 기후가 적합한지 재배도 성공적이고 판매도 잘된다. 지난해 한살림에 냈는데 큰 인기를 끌었다.

야콘은 중남미가 원산인 식물로, 우리나라에서는 몇 해 전부터 날로 깎아 먹는 그 뿌리가 주로 알려졌다. 얼핏 보기에는 고구마 같기도 한데, 고구마보다 시원하고 단 맛을 내며, 올리고당과 알칼리성 식이섬유가 다른 채소나 과일보다 풍부하여 '땅 속 과일'이라고도 불린다. 최정화 씨가 일러주기로는 생김새가 "죽죽 벋고 가늘며 날씬하게 빠진 것"이 맛있고, 뚱뚱한 것은 맛이 없다.

이 야콘으로 최정화 씨는 "이것도 해보고 저것도 해보고 별짓 다 해본다". 김장김치에 무 대신 쓰기도 하고, 탕수육 같은 데에도 쓴다. 야콘은 끓여도 물러지지 않고 여전히 아삭아삭하기 때문이다. 무 대신 쓴다면 야콘 생채 같은 것도 해봄직하겠다. 효소에도 야콘을 넣는데, 효소 담고 난 건더기를 버리기 아까워서 닦아서 썰어 고추장에 무쳐 냉장고에 넣고 먹어봤더니 별미였다고 한다. 장아찌도 된다는 얘기다. 믹서에 갈아서 밀가루를 반죽해 국수도 해먹고, 수제비도 떠먹고, 부침개도 부쳐 먹었으니, 야콘 하나로 갖은 음식이 나올 수 있다.

야콘 잎은 말려 차로 마실 수 있다. 특히 일본에서는 아토피에 좋다고 해서 야콘잎차가 인기라고 한다. 현재 우리나라 농가에서 생산되는 야콘 잎은 전량 일본으로 수출되는데, 수출을 담당한 한농과 함께 우리도 야콘잎차를 만들어 보자고 논의가 되었으니, 최정화 씨는 올 가을에 새로운 차를 만들어볼 생각에 마음이 설렌다.

토종농사꾼이 되고자 한다

이즈음에 이들 부부는 공장 일을 접고 싶다는 생각을 가끔 한다. 약재고 된장이고 만드는 대로 한살림에 모두 들어가 이내 팔려나가는 것이 즐겁기는 하나, 그렇다고 대량생산체제로 갈 생각은 아예 없다. 워낙 자본 없이 시작한 일인 데다 공동 생산, 공동 분배라는 원칙대로 가공 공장에 참여하는 세 집이 똑같이 이윤을 나누고 남는 것은 또 공장에 투자를 하니, 큰돈 벌 일도 없다. 어떻게든 "같이 먹고 살자"라는 생각 때문에 공동체든 가공 공장이든 함께 하기를 원하는 사람들은 중론을 모아 받아들이니, 부침이야 있겠지만 크게 나빠질 일은 없을 듯싶다.

부부가 헤어져 살기도 했던 어려웠던 시절에 견주면 지금이야 그야말로 등 따시고 배부른 나날임에도 그런 엉뚱한 생각을 하는 것은, 식품 가공 공장이 돌아가는 자본주의적인 사업구조가 그의 심성에 맞지 않는 탓이 큰 것 같다. 그보다는 "토종 농사꾼"으로서 제 먹을 거나 기르고 거두면서, 자연 안의 모든 존재물이 다 하느님임을 깨닫던 그 초심을 온전히 회복하고 이루는 "마음공부"를 깊이 하고 싶다.

어릴 때부터 일에 휘둘리고 배고팠던 생활이 지긋지긋하여 죽어도 농촌에 시집가지 않겠다던 사람이었건만 최정화 씨는 결혼한 뒤로 늘 남편을 따뜻하게 지켜보는 도반이었다. 이제는 스스로 훌륭한 농사꾼이 되었을 뿐더러 안살림에다 공장 일까지 돌봐야 하는 탓에 남편보다 더 바쁘게 뛰어다니게 되었다. 공장이 이 집 앞마당에 들어앉은지라 공동체 식구들과 함께 다 벌려 놓고 일하다가 각자 밥하러 간다고 가면 그 뒷설거지 다 해야 되고, 하다못해 사백 개 되는 장독 열어놨다가 소나기라도 쏟아지는 날이면 사람 불러 모을 틈이 어디 있나. 맨발로 뛰어나가야 된다.

"화장실 가서나 내 생각 할까" 싶은 바쁜 하루를 보내고 밤에 모처럼 한갓진 시간 얻으면 그이는 종종 마루에 나앉아 어둠에 쌓인 산자락들을 바라보며 앞날을 꿈꾸기도 한다. 좀더 나이 들면 "둘 먹을 밭뙈기 조금 하면서" 남들 돌보는 자원봉사 같은 일을 하고 싶다.

그러나 마음 공부가 별개랴. 꿈과 현실이 별개랴. 함께 나누고자 하는 마음을 실천하고, 궂은일 가리지 않고 기꺼이 도맡는 이들의 일상이 바로 이들 꿈이 아니겠는가. 이 부부는 올 여름에 번거롭다면 번거로운 일을 또 벌였다. 제 집의 한 칸짜리 '방주산방'을 한살림 소비자들을 위한 잠자리로 내놓은 것이다. 도농공동체를 굳건히 하기 위한 일이니, 벌써 서울과 부산 등지에서 너댓 집이 휴가 겸해서 오겠다고 하고, 이들 부부는 새 손님 맞을 준비에 또 부산하다.

이 찌는 여름날, 산바람 시원한 방주농원에 오는 손님들은 좋겠다. 퇴비 주어 자란 옥수수는 맹물에 삶아도 맛있다고 했으니, 툇마루에 앉아 그 옥수수 먹으며 눈 시원해지도록 통고산을 바라보다, 집 옆 꽤 요란한 소리 내며 흐르는 개울에 발도 담갔다가, 저녁이면 주인 내외와 더불어 농원 안 어느 빈 터에 퍼질러 앉아 안주인이 손수 만든 두부 한 접시 놓고, 풋고추와 오이 또 한 접시 안주 삼아 시원한 맥주 들이킬 수도 있을 터이니, 이렇듯 소박하고 신명나는 즐거움을 어디에서 누리겠는가.

야마기시즘 경향 실현지 산안마을

밥은 나눔

경기도 화성에 '돈이 필요없는 사이좋은 즐거운 마을'이 있다.
천·지·인이 조화로운 일체사회를 이루려는 사람들이
끊임없이 의문을 제기해 진실을 찾아가며
3만여 마리 건강한 닭들과 함께 산다.
내것 네것 없이 모두 풀어놓아 풍요롭게 산다.

　　　　　　　독특한 마을이 있다. 산안 마을. 마을 입구
에 세워진 입간판에 쓰였듯 '돈이 필요 없는 사이좋은 즐거운 마을'이
다. 무소유를 약속하고 들어온 사람들로 이루어진 마을 안에서는 실제
로 돈이 쓰이지 않으며, 사람들끼리만 사이좋은 게 아니라 마을에서 키
우는 3만여 마리의 닭들과도 사이좋게 지낸다. 그뿐인가. '나, 모두와
함께 번영한다'는 것이 또 이 마을에서 지향하는 바인즉, 자기들끼리만
즐겁게 사는 데 그치지 않고 마을 밖의, 심지어 온 세계 사람들이 다 사
이좋게 즐겁게 살 수 있는 사회를 이루기 위해 힘쓴다.

　이상 사회의 이념을 머릿속으로만 굴리는 것이 아니라 일상 생활에
서 삶으로 풀어내고 있으니, 마을 사람들은 이곳을 '낙원'이라 부른다.

　산안 마을의 정식 이름은 '행복회 야마기시즘 경향 실현지'이다. 야
마기시즘, 일본의 야마기시 미요조라는 사람에게서 비롯된 사상을 따
르는 곳으로, 경향이란 이 마을이 자리잡은 경기도 화성군 향남면의 이
름에서 따온 것이고, 산안이라는 이름은 야마기시의 한문식 표기를 그
대로 읽은 것이다.

　야마기시 미요조는 닭을 키우는 농부로, 젊어서부터 중국 철학과 선
불교, 마르크스주의와 비폭력주의 등을 두루 섭렵하며 자신만의 독특
한 사상 체계를 세웠고, 모든 사람이 하나가 되어 평화롭게, 고루 잘사
는 이상적인 사회를 꿈꾸었다. 처음에는 인근 마을의 농부들에게 유기
순환체계에 의한 양계법을 가르치는 한편 연찬이라는 독특한 방식으로
자신의 사상을 전파했는데, 점점 그를 좇는 사람들이 늘어나 1953년에
는 교토에서 야마기시회가 결성되었고, 1956년에는 최초로 야마기시즘

특강이 개최되었다.

이때부터 세계의 모든 사람이 하나가 되어 사이좋고 즐겁고 행복하게 살 수 있는 사회를 지향하는 전인행복운동으로서의 성격이 분명해졌으며, 1958년에는 나라 근교에서 이 사상을 실현할 생활 터전을 대규모 양계장과 함께 이루었다. 야마기시즘 최초의 실현지인 셈이다. 이 실현지는 점점 늘어나 현재 일본에만도 40여 곳에 이르고, 우리나라와 스위스, 브라질, 태국, 독일, 오스트레일리아, 미국 등지에 퍼져 있다.

우리나라에서 이 운동이 시작된 것은 1966년, 수원 농민회관에서 열렸던 야마기시즘 특강부터라 한다. 그 회원들 중 몇 사람이 협업농장을 일구기 위해 향남면 일대에 들어온 것이 그 무렵인데, 이 농장은 성공하지 못했고, 지금 이 자리에 실현지가 들어선 것은 1984년이다. 그 뒤로 20년 동안 흔들림 없이 마을이 유지되고 있어 공동체로서는 우리나라에서 보기 드물게 성공한 경우로 꼽는다.

이즈음 산안 마을에는 30여 명이 닭 3만여 마리와 함께 사이좋게 살고 있다. 야마기시즘의 취지대로 "자연과 인위 즉 천·지·인의 조화를 도모하여, 풍부한 물자와 건강과 친애의 정으로 가득 찬, 안정되고 쾌적한 사회를 인류에 가져오는 것"을 염원하며 "일체사회"를 이루고 있다.

여러 가지로 감탄할 만한 생활 모습 가운데, 마을을 다녀온 이들이 입을 모으는 것이 푸짐하고 맛있는 밥상인지라, 설을 며칠 앞둔 이월 초에 그 밥상 구경하자고 길을 나섰다. 오전 11시와 오후 6시, 하루 두 끼 식사 중에 첫 때는 놓치고 저녁을 먹게 되었다.

애화관이라 불리는 식당으로 들어가니 큰 테이블 두 개가 놓였고, 한 구석에 밥그릇이며 국그릇, 수저가 가지런히 놓인 작은 상이 있는데, 그 위에 세워진 메뉴판에 이 날 저녁의 주 메뉴가 적혀 있다. 청국장 찌개, 계란 장조림, 파래김무침.

밥상으로 쓰는 큰 테이블은 가운데 네모난 구멍이 두 군데 뚫려 있어 특이하다. 일부러 낸 구멍이라는데, 하나는 전기 코드를 설치해 보온밥솥을 들여놓았고, 또 하나는 휴대용 버너를 집어넣고 그 위에 청국장 찌개 솥을 올렸다. 식구들이 각자 제 먹을 만큼 밥과 국을 뜰 수 있을 뿐더러, 처음 온 사람이나 늦게 온 사람이나 한결같이 따끈한 밥과 국을 먹을 수 있도록 배려한 조치다.

흰밥과 현미밥이 함께 들어있는 밥솥에서 입맛 따라 밥을 푸고, 구수한 냄새를 모락모락 피우는 청국장 찌개 한 대접 뜨고, 밥상 두 군데에 나뉘어 놓인 반찬들을 개인접시에 던다. 주 메뉴와 함께 배추김치와 알타리 김치가 놓이고, 보기에도 싱싱한 노란 배추 속과 뚝뚝 썬 날 당근이 한 접시에 담겼다. 조개젓과 다시마 무침, 고추 절임 장아찌도 있다.

파래김무침은 향긋하고 상큼한 갯내로 입맛을 돋우고, 계란 장조림은 투명하리 만큼 윤나는 고운 빛깔이다. 달걀을 미리 완숙으로 삶아서 다시 간장과 설탕, 물엿을 넣고 은근한 불에서 졸인 것으로, 양념 맛이 진하지 않고 맞춤하게 졸여진 흰자와 노른자가 졸깃졸깃하다. 다시마 무침은 국물을 내고 남은 다시마를 버리지 않고 잘게 잘라 간장과 설탕을 넣고 졸인 것이다. 일종의 재활용 요리인 셈인데, 간간하며 살짝 단

맛이 돌아 아이들도 좋아할 만하다. 여기서 길러 갈무리해 둔 것이라는 노란 배추 속잎을 입에 넣자 아삭아삭 씹히는 맛이 싱싱하고 달다.

밥을 먹고 나면 후식 차례다. 간식을 따로 먹지 않는 만큼 후식은 꼭 챙기는데, 오늘의 후식은 찐 고구마와 귤, 식혜다. 날마다 즐겨 먹는다는 찐 고구마는 섬유질이 많으니 만큼 껍질째 먹는다. 그 새 갓 쪄낸 떡 한 접시가 날라져 온다. 떡은 식구들이 다 좋아해서 심심찮게 만든다는데, 멥쌀에 서리태와 건포도를 넣고 쪄 포실포실한 모양새가 먹음직스럽더니, 과연 졸깃하고도 구수하고, 무엇보다도 갓 쪄낸 것인지라 더욱 맛있다.

제 생각을 고집하지 않는다

이 날 밥상은 평범하지만 이곳에서 밥을 먹고 "잔칫상 받은 것 같다"고 말하는 이도 종종 있을 만큼 이 마을은 잘 먹는 걸로 유명하다. 특별한 산해진미가 밥상에 오르는 것도 아니건만 그런 인상을 받는 것은 무엇보다도 풍성한 메뉴 덕택일 것이다.

예컨대 농촌 살림에서는 해먹기 힘든 일식과 양식도 곧잘 밥상에 오르며, 채식을 고집하지 않아 고기도 심심찮게 상에 오른다. 최근에는 거의 완전한 유기농 식품으로 밥상이 차려지지만 그렇다고 굳이 유기농만을 고집하지는 않는다. 가리고 금하는 음식이 없으니 재료가 다양하며 음식 종류가 다채롭고 반찬의 가짓수며 후식도 넉넉하니, 윤성렬 씨

부인 기숙향 씨 말을 빌면 음식 만드는 사람은 "이렇게도 해보고 저렇게도 해보느라" 재미있고, 밥 먹는 이곳 식구들은 "제 식성대로 두루 먹을 수 있게" 푸짐한 밥상이 되는 것이다.

잠깐 음식 만드는 사람을 짚고 가야할 것 같다. 이곳에서는 마을 식구마다 다 제 맡은 일이 있다. 닭을 기르는 양계부, 달걀과 채소 등을 전국의 소비자에게 공급하는 공급부, 식사와 세탁 같은 살림을 맡은 생활부, 채소를 재배하는 채소부, 아이들 양육과 교육을 맡은 학육부인데, 다들 맡은 일을 직장이라 부른다. 따라서 음식은 주부가 아니라 생활부 사람이 한다. 물론 여자, 또 주부가 맡기 십상이지만 의무사항이 아니고 원할 경우에 하며, 한 번 생활부를 맡았다 해서 줄곧 하는 것도 아니고 일 년에 두 번은 부서 이동을 한다.

아무튼 "절대 안 된다"고 하는 것이 없으니, 하루 두 끼 먹는 것을 원칙으로 삼고 있지만 학교 가는 아이들을 위해서는 따로 아침식사를 준비하는 일이 자연스럽게 이루어진다. 어른들 중에서도 아침밥을 원하거나 전국의 소비자들에게 생산물 공급을 나가는 사람은 함께 아침을 먹는다. 라면은 나이든 사람들도 가끔 찾는 "특식"이며, 때로 젊은 사람들은 피자를 배달해 먹기도 한다. 드문 경우지만 아이들이 학교를 오가며 하는 군것질도 장려는 하지 않으나 나서서 나무라는 사람도 없다.

윤성렬 씨는 가끔 고기 좋아하는 젊은 사람들에게 채소가 좋다고 한마디씩 한다. 닭도 성(性)적 성숙기인 청소년기에는 동물성 모이를 주지 않는데, 사람은 거꾸로 되어 성 성숙이 너무 일찍 오는 게 아닌가 걱정도 된다. 그러나 제 생각을 고집하지는 않는다. 이토록 관대한 태도는 어디에서 비롯되는 것일까. 윤성렬 씨에 따르면 "조화"의 정신이다.

자연과 인위 즉 천·지·인의 조화를 꾀한다는 야마기시즘의 취지대로, 조화는 이 마을을 이루는 토대가 되는 정신이자 삶의 방식이다. 조화란 다시 말하자면 극단을 삼가는 것이다. 세상 만물을 이분법적으로 따지고 잣대를 들이대는 것이 아니라 어느 한 편을 고집하지 않고 주장하지 않는 것이다. 치우침이 없도록 하자는 것이니, 절대적으로 옳은 것도 없고 그른 것도 없다.

자연과 인위의 관계도 마찬가지다. "좀더 자연스럽고 좀 덜 인위적인 삶"을 궁리하되, "인위도 하나의 자연계이자 그 일부"라고 보기 때문에 야마기시즘 농법에서는 과학 기술을 활용한다. 산안마을조차 인터넷 홈페이지를 만들어 운영하는 터에 현대문명을 무조건 거부할 수는 없다고도 생각한다. 식성이 같을 수 없듯이 사람마다 남들과는 다른 개성이 있는 까닭에 산안마을에서는 무엇보다 이 다름을 인정한다. 나아가 "다른 것이 원칙일지도 모른다"고 생각한다. 다만 이 개개인의 차이를 어떻게 "일체화"하느냐를 중요하게 여긴다.

한번은 전세계의 야마기시즘 실현지에서 "술 마시지 말자"는 운동이 일어 두 달 만에 모든 곳에서 술병이 사라지기도 했다. 그러나 윤성렬 씨는 이런 방법이 좋다고는 생각하지 않는다. 너무 "인위적이며 금지 일변도"이기 때문이다. "진실한 삶을 살려는 마음에서 시작하지 않으면" 밖에서 규제하고 금지하여 이루어지는 질서는 큰 의미가 없다고 여긴다. 오로지 개개인의 "마음의 자유를 바탕으로" 이루어지는 결정과 실천이야말로 참다운 삶의 내용인 것이다. 조화란 이도 저도 아닌 어정쩡한 타협이 아니라 자유 의지로 다른 세계와 대화하는 방식인 셈이다.

이렇듯, 자연계 안의 모든 존재들이 조화를 이루어 하나가 되는 사회가 야마기시즘 실현지가 추구하는 사회, "일체사회"다. 따라서 이곳에서는 공동체라는 말을 쓰지 않는다. 남남끼리 어우러져 사는 것이 공동체라고 할 때 그 남남이란 개념이 일체사회의 이념에 어긋나기 때문인 것 같다.

그러나 삶의 내력이 제 각각일 남남들이 한데 모여 살자면 그 사이에 불협화음이 일어나는 것은 피할 수 없는 일이겠거늘, 과연 일체사회라는 것이 가능할까. 일본의 경우는 별개로 하고, 산안마을에서는 실제로 20년 동안 가능한 일이었다. 그 중요한 고리가 연찬이다.

끊임없이 의문을 제기하라

연찬의 사전적 의미는 "계속 연마하여 구멍을 뚫는 것"이다. 즉, 어떤 행동이나 생각에 대해 끊임없이 의문을 제기하여 마침내 진실을 찾는 것이다. 그 이치를 생활에 적용하고 실험하는 것이니, 이는 '무고정 전진'이라는 야마기시즘 철학의 바탕이 된다.

무고정 전진이란 또 무엇인가. '아무것도 고정된 것이 없으니, 절대적으로 옳다는 것도 없다.' 불가의 연기법을 연상케 하는 이 사상은, 절대적인 진리란 없으며, 따라서 그 상황에 가장 합리적인 방법을 찾는다

는 현실론으로 나타난다. 그러자면 계속 한 단계 한 단계 그 진정성과 합리성을 따져나가야 할 것이니, 연찬이란 그런 탐구의 과정이다.

연찬은 산안마을에서 일상적이고도 중요한 생활 방식이어서, 아침에 눈을 떠서 잠자리에 들 때까지 "전생활이 연찬의 연속"이다. 공식적으로 식구들이 모두 모여 하는 연찬도 있고, 맡은 일에 따라 부서별로도 하고, 혼자서도 한다. "사의, 개인의 의견을 존중하고 공의, 공동의 뜻을 실천해 나간다"는 묵시적인 원칙을 좇아가는 과정에서 "여러 사람의 의견을 모아 그 자리에서 최고 최선의 것을 함께 찾아가는 것"이다. 미리 결론을 단정지어 놓고 논의를 하는 것이 아니라 "이게 참일까"를 끊임없이 생각하며 나아간다. 마을의 공동 관심사는 물론이거니와 개인적으로 부서를 옮기고 싶을 때, 여행을 가고 싶을 때도 연찬을 통한다.

밥상을 차리는 일도 마찬가지여서, 식단을 짜고, 재료를 준비하고 음식을 만들어 차려내기까지 숱한 의견을 주고받는다. 물론 생활부가 중심이긴 하지만, 다른 사람의 제안을 받아들이고, 다시 연찬을 통하여 식단 하나가 짜여지고 밥상이 차려지는 것이다.

그런 과정을 무수히 거쳐 마지막 결론은 개인의 자유의지에 맡기니, 그런 만큼 이곳에는 명문화되고 세세한 어떤 규제나 규정도 없다. 예컨대 일을 하기 싫으면 하지 않아도 되고, 논다고 나서서 탓하는 사람도 없고, 지시하는 사람도 없다. 그럼에도 실제로 노는 사람은 없으니, 연찬을 통하여 식구들은 자신과 다른 사람의 진면목을 찾으며, 그리하여 허울뿐인 사이좋음이 아니라 진실로 내남없는 일체사회로 가는 길을 밟게 되는 것이다. 이 마을 사람들이 화를 내는 법이 없다는 말이 이해가 간다.

연찬은 외부인들에게도 문이 열려 있다. 80년대에는 주로 학생운동이나 노동계, 농민회 등에서 일하던 이들이 이곳을 찾았고, 이즈음에는 환경운동이나 생명 운동하는 이들, 공동체나 교육문제에 관심 깊은 이들이 산안마을 연찬 과정을 밟는다. 또 어린이들이 자연 학습과 공동체 체험을 할 수 있는 '어린이 낙원촌'이라는 프로그램도 있다.

이 일체사회에서 중요한 가치가 무소유 개념이다. 소유욕이란 반드시 확장되기 마련이어서 갈등과 대립, 폭력의 씨앗이 되며, "햇빛과 공기와 물이 누구의 소유도 아니듯, 이 세상 모든 물자는 어느 누구의 것도 아니다"는 믿음에서 무소유를 말하는 것이다. 이 무소유를 실천하는 방법이 "풀어놓기"인데, 일체사회에 참여하는 사람은 자아를 고집하지 않고, 제가 집착하고 있는, 저를 옭아매고 있는 모든 물질과 수단, 재능을 다 풀어 공동의 재산으로 한다. 나아가 "혼자서도 여럿이서도 가지지 않는 삶"을 추구하니, 말 그대로 내 것, 네 것 없이 산다.

소유가 없으니 돈이 필요 없는 사회가 이곳이다. 각종 생필품들은 "필요한 때에 필요한 사람에게" 쓰일 수 있도록 종류 별로 갖춰져 있다. 만일 원하는 물건이 없을 때는 그 이름과 수량을 적어 놓으면 연찬에서 검토되어 구입 여부가 결정된다. 옷을 서로 나눠 입고, 그 옷이 다 낡고 해지도록 외출복에서 평상복 또는 아동복, 작업복, 기름 닦는 걸레로 재활용되니, 소비가 미덕인 시대 정신에는 역행하는 것일지 모르나 이름뿐인 생태주의보다 삶의 내용이 훨씬 알차다.

무소유란 물질적 가치에만 해당되는 말이 아니다. 소유에 대한 집착이 가장 큰 장애일 터이니, 아집은 얼마나 질기고도 완고한 집착인가. 그에 못지않게 큰 것이 자식에 대한 집착일진대, 이곳에서 부모된 이들은 다른 것과 마찬가지로 제 자식 또한 풀어놓는다. 대여섯 살이 되면 어린 아이들은 '태양의 집'에서 공동생활을 체험하게 되며, 좀더 큰 아이들은 '학육사'에서 숙식을 함께 한다. 그렇다고 가족 관계를 끊는 것은 아니어서 가족 연찬도 있고, 숙소도 바로 옆이다.

어린 아이들은 일주일에 하루는 아이들끼리 모여 잠을 자거나, 큰 아이들은 농장 일이나 공부를 함께 하면서 일체사회의 삶을 익혀 나가는데, 부모와 떨어져 사는 외로움이나 불편함보다는 대가족의 한 구성원으로서 생활하며 얻는 바가 더욱 큰 것 같다. 마을 식구 모두가 아버지며 삼촌이고, 엄마며 이모, 고모이니 "늙은 닭은 젊은 닭처럼, 젊은 닭은 늙은 닭처럼" 서로 배우며 아끼는 일상을 통해 사이좋은 마을의 참뜻을 새길 수 있게 된다.

이 아이들은 스무 살까지는 마을에서 책임지고 있지만, 그 뒤는 스스로 제 길을 찾는다. 이 무렵 7박 8일의 특별강습연찬회에 참여하여 야마기시즘의 이념을 체계적으로 접하게 되는데, 이를 통하여 마을과 자신의 삶에 대해 진지하게 생각하는 기회를 갖는 것이다.

암탉과 수탉이 사이좋게

산안 마을에서 이루어지는 이 놀라운 일들의 물질적 토대는 양계다. 고급 유정란에다 밭에서 나는 채소들 곁들여 벌어들이는 돈이 만만치 않다고 하니, "풍부한 물자"의 원천인 셈이다. 산안마을 양계장은 야마기시 양계법의 특징인 자연과 인위의 조화를 가장 멋지게 이루어낸 "작품"이라고 자부하는 것이다. 구조나 설계는 과학적이며 내부는 닭의 생리와 감정을 세심하게 고려해 지어진 것으로, 그 독창성과 우수함이 널리 알려져 있어 많은 사람들이 이를 배우러 온다.

양계장은 하나의 길이가 무려 200미터나 된다. 3만여 마리 되는 닭들은 이 널찍한 계사 18채에 나뉘어져 있는데, 암탉과 수탉이 어울려 "자유롭게, 사이좋게" 살고 있다. 닭장들 사이의 간격도 넓을 뿐더러 앞뒷면이 철망으로 둘러쳐져 공기와 바람이 잘 통하며, 천장에 창을 내어 햇볕이 잘 들도록 했다. 흙바닥에는 풀과 볏짚, 왕겨, 톱밥, 나무부스러기, 숯가루 등을 깔아주어, 닭똥이 이들과 함께 발효되는데, 이 발효된 닭똥은 훌륭한 유기질 비료로써 농장 밭의 거름으로 활용된다.

이에 못지않게 인상적인 것이 닭을 대하는 사람들의 마음이다. 닭을 사람과 동등한 한식구로 보아 닭장을 드나들 때면 늘 닭에게 인사를 하거나 양해를 구한다. 모이를 주면서 "모입니다" 하고, 달걀을 꺼낼 때는 "집란하러 왔습니다"라고 한다. 암탉과 수탉을 함께 넣어 기르는 것은

다만 질 좋은 유정란을 구하기 위함이 아니라 "닭이 좋아하기 때문"이다. 작물과 동물 모두가 자연계 안의 동등한 존재인 일체사회에서 마땅히 그들의 입장을 헤아리는 것이다.

이런 보살핌을 받고 자라는 닭들이 건강하지 않을 수가 없다. 여기 닭들은 태어나면 첫 모이가 현미라고 한다. 처음에는 한두 알 정도밖에 먹지 못하지만 차츰 단련이 되고 적응되면서 위장이 튼튼해진다. 사료도 소화하기 쉬운 인공영양제는 주지 않고 풀이나 조사료를 주는데, 그러다 보니 닭의 생김새가 전체적으로 길쭉하다. 보통 닭의 위장 길이가 1.5미터 정도인 데 반해 이곳의 닭들은 대체로 2.5미터나 된다고 하는데, 마치 동양사람의 체형이 그렇듯 허리가 긴 것이다.

야마기시 양계법의 특징 중 하나는 닭똥이 밭의 거름으로 활용되는 데에서 볼 수 있듯 순환농법이다. 음식 찌꺼기를 그냥 버리지 않고 마을에서 키우는 돼지가 먹을 수 있는 것, 개가 먹을 수 있는 것, 밭의 퇴비로 갈 것, 이렇게 셋으로 분류해 쓰는 것도 그런 노력이겠다. 일본의 실현지들은 거개가 논농사를 하면서 거의 완전한 순환체계를 이룬다는데, 산안마을은 지난해에야 비로소 논농사에 손을 대 쌀 댓 가마를 생산했다. 대신 밭 작물은 여기서 생산한 것을 자체 소비하는 것은 물론 외부에 팔 수 있을 정도다. 단, 백화점이나 마트 같은 판매장으로는 나가지 않고 직접 전국의 소비자들에게 공급한다.

건강한 닭으로 맛있는 닭요리를

　　　　　　　　　　절대적인 구속력은 없으나 밥상을 차리는
데 나름대로의 원칙은 있다. 무엇보다도 되도록 마을 안의 생산물로 음
식을 만든다. 닭과 달걀은 물론이고 채소류도 자체에서 기르거나 절로
난 것들인데 식구들 먹기에는 풍족하다. 봄에는 5만 평 되는 마을 여기
저기서 봄나물을 뜯고, 여름부터 가을까지는 밭에서 자라는 갖가지 푸
성귀를 거둔다. 겨울에는 가을걷이한 채소로 만든 각종 장아찌와 김장
김치가 든든한 밑반찬이 되어 준다. 지난 겨울에는 배추 550포기로 김
장을 했다. 거의 반년치 김치를 하는 셈인데, 날이 따뜻해지고 김치 맛
이 변할 때쯤 되면 남은 김치들을 꺼내어 냉동시켰다가 여름날, 특히 장
마가 들었을 때 꺼내 찌개를 끓이거나 볶아 먹으면 그처럼 맛난 별미가
없다.

　음식을 할 때 또 하나의 원칙은 되도록 가공을 적게 한다는 점이다.
음식을 할 때 화학조미료를 쓰지 않는 것은 물론이고, 모든 재료의 제
맛을 제대로 살리기 위해 양념을 약하게 한다. 또 채소는 되도록 날 것
으로 먹도록 하고, 다른 재료들은 잘게 썰거나 가루를 내는 것을 피해서
요리한다. 씹는 것이 그만큼 위를 튼튼하게 해주는 일이기 때문이니, 이
곳의 닭들이 태어나자마자 현미부터 먹는 것과도 같은 이유에서다.

　닭과 달걀이 풍부한 만큼 이를 이용한 요리법도 다양하다. 닭은 씨암
닭을 쓰는데, 알을 다 낳고 난 닭은 맛이 없다고 한다. 이곳 닭들은 병아

리 때부터 뛰어다니게 해서 근육질로 만든다. 과보호하지 않고 어떤 환경에도 지지 않는 강한 체력을 키우는 것인데, 그런 까닭에 육질이 단단하고 질기다.

닭요리 하면, 뭐니뭐니 해도 백숙과 닭찜이다. 생활부의 김선희 씨에 따르면 압력밥솥을 쓸 경우, 우선 닭을 넣고, 백숙은 몸통이 잠기도록, 닭찜은 몸통의 중간 정도까지 오게 물을 붓는다. 처음에는 센 불에서 끓이다가 추가 돌기 시작하면 10분 정도 두었다가 불을 약하게 해서 30분 정도를 계속 끓인다. 너무 오래 끓이면 맛이 떨어진다고 한다. 일반 냄비를 쓸 때는 물의 분량은 같되, 끓기 시작하면 불을 약하게 해서 2시간 30분 정도를 끓인다. 옛날 가마솥과 같은 원리다.

닭고기 육개장도 잊을 만하면 올라오는데, 우선 물을 넉넉하게 부어 푹 삶아서 고기가 연하게 될 때 건져 잘게 찢는다. 국물로 쓸 육수 맛이 약하다 싶으면 뼈만 넣고 다시 우려낸다. 채소류는 고사리, 느타리 버섯, 가을이면 토란대 삶은 것도 더하고, 무를 준비해서 찢어 놓은 고기와 이 채소들을 섞는다. 이때 고춧가루와 국간장, 참기름, 마늘을 넣고 버무리는데, 마늘과 참기름은 좀 넉넉하다 싶게 넣는다. 버무린 재료들을 다시 육수에 넣고 끓인다. 그런데 끓여서 바로 먹는 것보다는 몇 시간 지나 먹는 게 더 맛있다고 한다.

야채를 곁들인 닭찜이나 야채 닭 수프, 닭고기 냉채 등은 아주 더운 여름날이나 추운 겨울날, 어느 때에도 좋은 요리다. 닭을 삶아서 닭찜이라면 큼직하게, 냉채라면 좀 잘게 찢은 뒤 채소를 곁들이면 된다. 여름에는 오이나 토마토, 가지나 피망을 쓰고, 겨울에는 감자와 당근, 양배추를 쓴다. 특히 닭고기 냉채는 여름 보양식으로 즐겨 먹는데, 삼계탕과 달리 "여름에 좀 점잖게 먹을 수 있는 요리"라 곧잘 밥상에 오른다.

달걀 요리야 워낙 다양한데, 그 중에서 '새둥지계란'이라는 것이 재미있다. 당근, 양파, 시금치를 준비해서 시금치는 데치고, 당근과 양파는 간장과 물을 섞어 넣어 살짝 익혀 놓는다. 후라이팬에 이 세 가지를 넣고, 그 위에 군데군데 달걀을 깨뜨려 넣고는 뚜껑을 덮고 잠시 둔다. 달걀이 반숙이 되면 완성된 것인데, 달걀이 채소 위에 놓인 것이 마치 새 알이 둥지에 놓인 것과 흡사하여 그런 이름이 붙었다고 한다.

모든 사람이 행복한 '거저' 축제

야마기시즘 실현지에서 추구하는 일체사회는 "모든 사람이 행복한 사회"다. 그러자면 도시 사람을 포용할 수 있는 길을 찾아야지 "우리만 잘살 수는 없다"고 생각한다. 도시에서도 "다 사 먹을 생각 하지 말고" 채소 정도는 텃밭 만들어 제 손으로 가꿔 먹을 수 있는 "호미 한 자루의 농업"이 일어났으면 좋겠다고 생각하지만, 그렇다고 귀농만이 옳은 길이며, 농업만이 절대적인 방법이라고 생각하지는 않는다.

모든 사람이 행복해지는 길의 하나로 산안마을에서 벌이는 축제가 있다. 물건을 주고받는 데 돈이 필요없는 '거저 축제'로, 마을 안에서 이루어지는 무소유를 마을 밖에까지 끌어내어 펼쳐보는 것이다. 이 축제는 1986년부터 시작되었는데, 애초에는 마을 안에서 외부인들을 초대하여 이루어지던 봄 축제였다. 그러나 점점 찾아오는 사람들이 늘어나면서 1998년에는 2천5백 명까지 되자 마을 식구들만으로 축제를 치르기가 너무 힘이 들어 1999년부터는 마을 행사로 규모를 줄였다.

이 축제가 다시 마을 밖으로 확대된 것은 2004년부터다. 방사선멸균업체가 산안마을 입구인 화성시 향남면 제약단지에 입주하자 이를 반대하는 지역주민의 방사선대책위원회 활동이 벌어졌다. 이 때 오산·화성 환경운동연합이 꾸려졌는데, 이들과 사회종교단체가 발 벗고 나서서 지역공동체가 함께 나누는 축제로서 화성시 초록산에서 '거저 축제'를 부활시킨 것이다.

"주최자가 없고, 술이 없고, 광고가 없는" 이 축제에 마을에서는 달걀을 삶고, 붕어빵과 뻥튀기 과자를 만들었으며, 광고하지 않았는데도 알고 찾아온 사람들은 저마다 김밥을 싸오고, 음료수를 가져오고, 이런저런 축제 준비를 돕는 등 제 가진 능력과 재주들을 "풀어놓았다".

제 것이라고 여기던 것을 풀어놓음으로써 축제에 온 사람들은 도리어 풍족함을 느꼈고, 하루 동안이나마 무소유를 실천했다. 윤성렬 씨는 무소유가 결코 "삭막한 개념이 아니다"고 말한다. "인정 있고, 다른 가치를 받아들이는 광활한 세계"라고 한다.

처음 부친을 따라 자갈밭 투성이였던 이곳에 깡보리밥과 고구마로 끼니 삼으며 마을을 일굴 때 윤성렬 씨는 노고지리 우짖는 소리를 들었다. 고달픈 몸을 달랠 만큼 "가슴 울리는 소리"였다. 노고지리가 사라진 지는 오래다. 더욱 이즈음 산안마을 입구는 토지 개발 바람으로 파헤쳐지고 있고, 마을 바로 앞으로는 몇 년 전 서해안 고속도로가 개통되어 자동차 소음이 끊이지 않는다. 조화를 찾기에는 자연을 향한 인위의 발톱이 너무 날카로운 게 아닐까 걱정스러운데, 윤성렬 씨는 지금 자리가 "도회지와 농촌이 다 쉽게 만날 수 있는 곳"이라 말한다.

어떤 악조건에서도 건강하게 자라도록 단련되는 닭처럼, 균형을 잃고 있는 이 자연계조차 끌어안을 내공을 보는 것 같아 한편으로는 마음이 놓인다. 산안마을이 있는 한, 푸짐한 밥상과 건강하고 맛있는 달걀과 '거저 축제'는 사라지지 않을 것이라는 생각에.

밥은고집

속리산 내리뻗은 산 비탈에 소 부려 밭을 갈고 맨손으로 풀 뽑느라
손이 썩을 지경인 옹고집 부부가 있다.
세상에 소 먹이는 일만큼 즐거운 일이 없다는 남편과
수백 명 손님 수발을 마다않는 아내는 오늘도 옹고집 땀을 흘린다.

소, 참 오랜만에 본다. 큰 소가 댓 마리, 아직 코뚜레 꿰지 않은 송아지가 또 댓 마리. 길을 가다 현대식 축사 안에 무리지어 있는 젖소를 얼핏설핏 본 적은 종종 있으나, 농가에서 일 소를, 이렇게 코앞에서 보기는 얼마만인가. 어릴 적 할머니 집에 살던 황소가 생각나 반가운 마음에 얼굴을 우리 안으로 들이미는데, 소들은 낯선 이를 힐끗 바라보고는 얼굴을 돌린 채 꿈쩍을 않는다.

더위를 먹었나. 하긴 초복, 중복 한데 끼고 있다 뿐인가. 일 년 중 가장 더운 날이라는 초서, 대서까지 몰린 음력 유월, 한여름 한낮 땡볕이다. 그야말로 바람 한 점 없는 이 시각에 이 집 주인들은 들에 나가셨나 보다. 농가월령가를 빌자면, '땀 흘려 흙이 젖고 숨 막혀 기진할 듯' 한 것이 이즈음 형편이긴 하나 '지력을 쉬지 말고 극진히 다스리소' 했다. 무엇보다 돌아서면 훌쩍 자라는 풀 매느라 '논밭 갈마들고, 틈틈이 나물밭 북돋아 매어 가꾸고, 집터 울 밑 돌아가며 잡풀을 없게' 하라 하더니, 이이들이 정녕 이 불볕더위에 호미 들고 낫 들고 나섰단 말인가.

빈 집 문 열고 들어가 앉았기가 난감해 그저 외양간 앞에서 소 구경하고 있자니, 이 댁 주인 이철희 씨가 나타나는데, 온 몸이 흠씬 땀으로 젖고, 역시 땀범벅인 얼굴에는 풀이 여기저기 달라붙었다. 논둑에 풀 깎고 왔다며 씩 웃는데, 순간 외양간에서 얼굴 잠깐 내밀어주던 소가 떠오른다. 무심하면서도 순한 눈매가 주인을 닮은 것이로구나, 아울러 우직하면서도 깊은 심지를 짐작해 본다.

주인이 집 옆 개울에서 몸을 씻는 사이 고추밭에 갔다던 안주인 강순희 씨가 종종종 들어오더니 밭에서 막 따온 것이라며 후딱 옥수수 몇 개를 삶아 내온다. 다른 손님이 들고 왔다는 수박 몇 조각과 함께 내온 갓 찐 옥수수가 반갑기 그지없다. 끼니 전에 요기할 것 내놓아 손님은 허기를 달래고, 자신은 상 차릴 시간을 버는 것. 밭에서 돌아오자마자 밥 준비하려니 늘 마음이 앞서 동동거리는 제 처지 생각해서 하는 대접이라는데, 먼 길에 시달린 객으로서는 그 마음 씀씀이가 고마울 따름이다.

한여름 밥상이 별 것 있는가. 이맘때 한창 밭에서 나는 오이며 호박, 가지를 볶거나 무치고, 풋고추에 된장, 고추장 곁들여 내면 족하다. 이 더위에 불 앞에 섰기도 괴로운 일이거니와, 나이 들며 신 것을 싫어하고 즐기던 된장찌개에도 숟가락 대는 일 없는 남편 입맛에 맞춰 담자마자 김치냉장고에 넣어두었던 열무김치 꺼내고, "어려서부터 채 전문이었다"는 말이 실감나도록 일매지게 가늘게 채썬 오이에 당근과 실파 섞고, 소금과 설탕, 사과식초를 넣어 간 맞추고 깨소금 뿌린 오이냉국을 올렸으니, 기름기 없고 담백한 상을 받은 입이 개운하고 즐겁다.

집에 들어오면서 꺾었다는 왕고들빼기를 그새 살짝 데쳐 소금과 들기름, 깨소금 넣어 무쳐 올린 것이 감칠 맛 나고, 이런, 어느 짬에 달걀찜까지 준비하셨나. 노란 달걀색에 당근 채며 파 다진 거며 새우젓 다져 넣은 것이 색색이 어울려 보기에도 어여쁜 이 음식은 아마도 손님을 위해 만든 것인지 많이 먹으라고 부부가 번갈아 권한다.

소 먹이는 일만큼 즐거운 일이 없다

충북 보은군 마로면 한중리. 속리산 동남쪽 아랫녘이니, 큰 산이 내리뻗던 기세가 채 누그러지지 않은 듯 제법 깊은 골 안에 이 부부의 집이 있고, 집에서 가팔막진 비탈을 따라 산 위쪽으로 올라가면서 이들이 일구는 논밭 사천 평이 있다.

그 사천 평을 포함해서 이들은 이 골 안에 보은군 친환경농업 시범지역을 이루었다. 농약이니 화학비료를 쓴 것은 불과 몇 년, 줄곧 옛날식 농사법을 고집하다가 1991년부터 본격적인 유기농업을 시작하고 한살림에 생산물을 내는 그를 좇아 마을 본토박이들 중에서 한 집, 두 집이 뜻을 함께 하기 시작하여, 현재 골짜기 안의 열다섯 집 가운데 일곱 집과 인근의 네 집, 모두 열한 집이 생산 공동체를 이루고 있다. 쌀과 고추 농사가 주종이며, 갖은 잡곡과 이 마을에 풍성한 감과 호두도 중요한 생산물이다.

본토박이라 함은 그가 타관 사람이라는 뜻인즉, 집안이 본디 평안북도인 이 부부는 경북 봉화에 살다가 그가 열두 살 때 전쟁을 피해 이 골짜기로 들어와 앉았다. 화전 농사도 짓고, 뽕나무 심어 누에도 치며 살던 그는 함께 들어와 "국유지를 파먹고 살았던" 다른 이들이 1975년 화전민 철거 때 다 떠난 뒤로도 이 골에 남았다. 그동안 송아지 기르며 한 팔백 평 땅을 제 앞으로 사 두었던 덕이었다.

소를 먹이는 것은 어릴 때부터 그가 마음에 두고 있던 일이다. 한학 공부에 뜻을 세운 부친을 대신하여 할아버지를 도와 농사를 하면서 그

는 쇠똥이 훌륭한 거름임을 알았다. 나이들어 그는 본격적으로 소를 풀어 먹이는 자연축산을 16년 동안 했다. 소는 농삿일에도 유용한 짐승이다. 약간이라도 경사진 "삐알", 즉 비탈에서는 제 아무리 성능 좋은 경운기며 트랙터도 힘을 못 쓰지만 소라면 거뜬히 감당할 수 있으니, 그도 경운기가 있지만 쟁기질할 때면 종종 소를 몬다.

나이드신 어른들이 말씀하시기를, "소는 새끼 낳아 돈 벌어주며 일도 해 주지만 기계는 사면 그 날부터 돈 들어간다"고 했으니, 소를 먹이면서 그는 얼추 한 해 천만 원 정도를 벌었다. 황소 한 마리에 암소 열 마리 정도를 먹이면 해마다 송아지 열 마리는 틀림없이 얻었으니, 그 돈이 쌈짓돈이 되어 국유지가 거개인 이 골 안에 제 땅을 조금씩 마련할 수 있었다. 지금도 고추밭 천 평은 국유지이나, 가파른 산 계곡 따라 층층이 나뉜 다랭이논이긴 하지만 이천 평 되는 논은 온전히 제 땅이다.

백록동이라 불리는 이 마을은 산자락 안에 외오돌아 앉아 뒤가 막힌 막다른 곳이다. 이런 지형이 소를 풀어 먹이기에는 썩 좋은가 보다. 축사를 산 입구에 두고, 마을 뒤로 병풍처럼 선 세 산자락 가운데 양 옆 산기슭을 따라 철조망을 두 줄로 쳐 놓고, 사람 드나드는 문만 하나 달아 놓은 것이 이른바 시설의 전부였다. 소를 몰아오는 요령도 간단하여, 소를 하루 종일 산 속에 풀어놓았다가 저녁이면 논둑에서 벤 풀을 한 움큼씩 축사 앞까지 갖다 놓으면 그 풀 먹으러 들어온다는 것이다. 소들도 우두머리가 있으니, 그 한 놈만 몰고 오면 다른 소들은 절로 따라 들어온다.

봄부터 가을까지는 풀어놓아 제가 풀 뜯어먹게 하고, 겨울이면 우리에 가두고 볏짚을 먹였다. 이렇게 하면 손이 많이 가지도 않는다. 온종일 풀어놓고 아침, 저녁 30분 정도 돌봐 주면 족하다. 물론 좀더 부지런해야 할 게다. 그러나 순한 눈 들여다보며 등도 긁어주고 가끔 제법 기세좋게 "사람을 뜨는" 부룩송아지 재롱도 보아주다 보면 소가 한낱 짐승이 아니라 듬직한 한식구처럼 여겨질 터이니, 어미 뱃속에 잘못 누운 송아지를 제 손으로 빼내기도 하면서 소를 키운 그에게는 소 먹이는 일만큼 즐거운 일이 없다.

이렇게 즐거이 해온 자연 축산을 그만두게 된 것은 마을 본토박이들이 수질 오염을 문제삼았기 때문이다. 무엇보다 제 산도 아닌 나라 땅에 멋대로 소를 풀어놓았으니 더욱 말이 많았다. 그러나 실상 수질 오염을 일으키는 것은 어설픈 시설에 소만 대량으로 집어넣어 사육하는 대형 축산일 터이며, 산에 소를 풀어놓는다고 나무를 해치는 것도 아닌 것을.

어쨌든 그는 규모를 줄여 지금은 큰 소 다섯 마리, 중소 한 마리, 그리고 송아지 다섯 마리를 우리에 가둬 놓고 먹인다. 풀을 양껏 먹일 수 없으므로 할 수 없이 사료를 먹이는 것도 변화의 하나인데, 쇠똥을 퇴비로 쓰는 것은 변함이 없다.

손이 썩어도 유기농한다

그 귀한 금비라는 것조차 고개 저어가며 쓰

던 이철희 씨가 유기농업을 하겠노라 선언하게 된 것은 처남인 강문필 씨로부터 제초제의 해악에 관해 듣고 나서였다. 제초제의 독성이 그토록 커서 땅을 망친다면 결국에는 살 길이 없지 않겠는가. 그렇다면 "농업의 일꾼"으로서, 땅을 살리고 세상을 살리기 위해서 유기농업을 하겠노라 마음먹었던 것이다. 유기농업을 한다는 것은 삶의 근본이 바뀌어야 하는 큰일임을 절로 깨달은 것이다.

큰 망설임 없이 바로 깨닫고 실천할 수 있었던 것은, 어렸을 때 부친으로부터 배운 한학이 그의 심성의 바탕을 이루고 있기 때문인 것 같다. 비록 사서는 못 읽었으나 그는 사람의 도리와 함께 자연의 법칙을 배웠고, 순환농법의 이치를 깨닫고 있었다. "천지의 기운이 그대로 가야 된다"는 믿음에서 보자면 유기농은 순환이요 관행농은 역행이니, 세상을 망치는 농사였다.

보통 무농약, 전환기 유기농을 거쳐 유기농으로 접어드는 것과 달리 그는 처음부터 유기농을 고집했고, 바로 유기능 인증을 받았다. 몇 해 전부터 논은 우렁이에게 맡기고, 고추밭에는 두둑이며 골에 검정 비닐을 깔아 큰 손을 덜고 있지만, 그동안 제초제 안 뿌린다고 논이고 밭이고 일일이 풀 메느라 손이 피가 흐르도록 헐어 버린 일이 부지기수니, 한살림의 이상국 전무가 "손이 썩어도 유기농한다"고 감탄했을 지경이었다.

유기농업을 한다는 것은 삶의 근본을 바로잡는 일인즉, 농사만 잘한다고 되는 것이 아니다. 이철희 씨가 먹을거리에 관심을 가지게 된 것은 소를 기르면서였다. 요즘에야 으레 인공수정하기 십상이지만 풀어놓고 기르는 소들은 암소가 발정날 때 황소를 넣어주면 그만이다. 몇 년이라도 황소가 힘이 있는 한 끄떡없다. 그런데 축사 안에 붙잡아 매놓고 사료를 먹이는 소는 생식 능력이 몇 차례면 끝난다. 또 그런 암소는 새끼를 계속 낳지 못한다. 사료에 들어가는 항생제 때문이다. 소도 안됐거니와, 사람의 입장에서도 답답한 것이 사람이 먹는 게 그 고기뿐이더냐. 그걸 보면서 "지금 사람 먹고 사는 게 참 한심하다"고 한탄한다.

그 한심한 먹을거리를 물리치고 바른 음식을 먹을 것, 그것이 식생활 개선이니 유기농업하는 이들이 가장 힘써야 할 부분이라고 생각한다. 그 점에서는 강순희 씨가 남편보다 더 적극적이어서 교회 집사이기도 한 그이는 교회에 가서나 공동체 식구들 모임에서나 바른 먹을거리에 대해 끊임없이 잔소리를 한다.

강순희 씨는 밥상에 가공식품을 일체 올리지 않고, 음식에 조미료를 쓰지 않는다. 무엇보다 부침개를 좋아하는 식구들 입맛을 돋우느라 일 년이면 댓병으로 스무 병쯤 사 쓰던 식용유를 끊었다. 대신 미강유로 바꾸고, 나아가 각각 제 살림 꾸려가는 세 딸과 뒤늦게 결혼한 아들 집에까지 한 해에 일곱 병씩 사다 준다. 하루 한 끼는 밀가루 음식을 먹는데, 한살림에서 구입한 우리밀 국수나 우리밀 라면을 쓴다.

"육질을 안 좋아하니" 주로 오르는 것이 나물 종류인데, 그야 집에서 농사짓는 것이며 산에서 나는 것으로 충분하고, 논에서 쌀 나오지, 된장, 간장 다 담아 먹지, 콩 농사 지어 두부도 가끔씩 만들어 먹는데다가, 돈 벌 생각 없으니 그저 집에서 목이나 축일 생각으로 효소도 조금씩 담

아 놓고, 나이 들면서야 손 놓았지만 그래도 가끔 생각나면 갱엿도 고아 먹으니, "시장 물건" 사먹을 일이 거의 없다.

손님들을 위한 찐빵과 우묵

한살림 생산자가 되고 나자 생산지 탐방하러 오는 소비자들이며 취재하러 오는 사람들이며 보통 한 번에 삼사십 명이 들이닥치기 예사였다. 이들을 위해 그이는 처음 두세 해는 보은에 나가 장을 봐왔다. 그러다 생각해본즉, 그들이 이 산골까지 찾아와 도시에서 먹던 것과 다를 바 없는 밥상을 받는다는 것은 그이들이 유기농업을 하는 정신과 어긋나는 일이었으니, 그때부터 산에 들에 지천인 나물들 캐고 다듬는 그이 손길이 더욱 바빠졌다.

그이들 먹는 대로, 봄이면 온갖 나물에다 겨우내 묻어두었던 배추 꺼내 겉절이도 해보고, 무 장아찌를 만들어 내기도 한다. 무를 씻어서 반씩 잘라 항아리에 넣고, 왜간장과 집간장, 식초, 설탕을 섞어 부어 두었다가 들기름, 깨소금, 마늘 양념하여 무쳐 먹으면 별미다. 여름에는 물김치, 겨울이면 동치미를 빠트리지 않는다.

찬바람 나면 "해는 짧고 왜 그리 바쁜지" 할 일이 많다. 볏짚 묶으러 다니는 틈틈이 메주도 떠야 되고, 청국장과 비지장도 만들어 두고, 갖가지 채소 말리는 것도 정해진 일이다. 여름 밭에 풍성한 오이며 가지라고 그 여름에 말리면, 바싹 말라도 금세 뭉개져서 벌레가 나므로 냉동실에 넣을 게 아니라면 여름 가고 말리는 것이 좋다. 모든 나물은 다 볕에 바싹 말려야 하는데, 고춧잎 말리는 요령을 배웠다. 일단 삶아서 볕에 말리는데, 걷을 때 한낮에 덥썩 집다가는 다 부숴져 버리기 십상이다. 새벽에 이슬 맞은 것을 손으로 잘 보듬어놨다가 하루 햇빛을 쏘이고 저녁에 고대로 집어 담는다. 나물 말릴 때 이슬 좀 맞아도 되니 이슬 피한다고 걷었다 폈다 하다가는 오히려 덜 마르는 수가 많단다.

이렇듯 정성스럽게 갖춰 놓았다가 손님들 오면 재바르게 무쳐 내고 볶아내니, 참기름 비싸다는 핑계 삼아 들기름만 쓰는 이 집 밥상을 받는 이들은 질박하나 맛깔스런 산골 음식을 맛보게 된다.

때를 놓치고 오는 사람들도 이 집 안주인의 손맛을 볼 수 있다. 늦은 점심 기다리는 동안 삶은 옥수수 내놓듯, 바지런하게도 그런 이들을 위해 뭔가 군것질거리를 준비해 두는 덕인데, 대표적인 것이 찐빵이다. 친정 어머니가 일찍 돌아가시는 바람에 제대로 음식 만들어 본 "큰 경험도 없고 배운 바도 없다"지만 타고난 손재주가 있는지 그이 손맛 뛰어난 것은 소문이 자자한데, 이 찐빵도 그래서 인근 마을에서 사람들이 찾아오는 바람에 한 3년 난데없는 요리 강의를 하기도 했다.

한 번에 많이 해놓자니 밀가루를 반 포씩 쓰기도 하는데, 밀가루에 이스트나 술을 넣고, 이것을 막걸리에 물을 타서 반죽을 한다. 다음에 비닐을 씌워 따뜻한 곳에 이불을 덮어 놓고 하룻밤을 재운다. 이튿날 아침이면 둥글게 부풀어오르는데, 여기에 다시 베이킹파우더를 한 개 반정도 넣고 설탕을 좀 넣는다. 설탕이 많이 들어가면 속이 아프다. 그렇

다고 황설탕을 쓰면 찐빵이 누렇게 되므로 할수없이 흰 설탕을 쓰는데, 일 킬로 반쯤을 넣는다. 다시 반죽을 하면서 뉴슈가를 조금 넣고 치댄다. 이때 "좌리가 나도록" 매 치대야 한다. 하룻밤을 재우지 않고 바로 베이킹파우더와 설탕을 넣고 개면 빵이 부풀지 않으며, 베이킹파우더를 너무 일찍 넣으면 빵이 누렇게 된다고 한다.

속, 앙금은 어찌 하나. 앙금으로 쓸 팥은 적두팥이 좋다. 전기밥솥을 이용하면 딱 좋은 것이 저녁에 팥을 씻어서 물을 넉넉히 붓고 베이킹파우더를 좀 넣고는 '보온' 상태에서 하룻밤을 난다. 베이킹파우더를 넣는 것은 팥이 푹 무르기 때문이란다. 아침에 푹 무른 팥에 설탕, 이때는 황설탕을 쓰는데, 좀 달다 싶게 넣어서 "지룩하게" 한다. 뻑뻑하니 되면 맛이 없다.

속을 넣어 모양을 만든 찐빵을 다섯 개, 열 개, 스무 개 들이로 포장해 냉동실에 넣어놓고는 손님들 올 때면 쪄 내는데, 사람 오는 거 봐서 혼자 오면 다섯 개짜리를 풀어 내고, 두 사람이 오면 열 개짜리를 풀고, 많이 오면 그 수대로 그렇게 포장해 놓은 것을 풀어 쪄서는 식혜하고 내놓는다. 그이 딴에는 "머리 써서" 한 일인데, 과연 밥 재촉도 안 할뿐더러 맛있게들 먹는다.

우묵도 그이가 궁리 끝에 만들게 된 음식이다. 흡사 옥수수 수염 말린 것 같은 우뭇가사리를 사서 매 씻어 물을 우뭇가사리의 여덟 배쯤 되게 잡아 붓고 끓인다. 큰 가마솥에 넣고는 뽀얗게 되도록 아주 푹 고는데, 우묵은 다 졸인 상태에서 곧잘 넘기 때문에 불 앞에 앉아 기다렸다가 주걱으로 저어줘야 된다. 다 끓여서는 체에 받친 다음 일곱 시간쯤

식히면 묵이 된다. 이 우묵을 채 썰어 오이 넣고 식초 넣어 새콤달콤하게 무쳐내면 맛이 기막히다.

이 우묵을 처음 선보인 해에 손님을 천 명 정도 거뜬히 치렀으니, 이후로 우묵은 이 집의 단골 메뉴가 되었다.

네 사람이 붙어 만드는 냉면

이철희 씨는 본디 "딱히 잘 먹지도 않고 못 먹지도 않는다". 젊은 시절에는 고기도 꽤 좋아해서 소 먹일 때면 토종닭을 함께 풀어놨다가 고기 생각나면 "슬그머니 사라져" 버리고는 했다. 강순희 씨가 닭고기를 못 먹는 탓에 혼자 닭을 잡아먹노라 그런 것이다. 막걸리도 퍽이나 즐겨서 들에서 일하다 들어오면 꼭 챙겼으니, 함께 들일하고 온 부인이 또 궁시렁궁시렁 혼잣말하며 술상 차려내야 했다. 그러나 위염을 앓고 나이 들면서는 점차 고기를 멀리하고, 대신 "시원한 거 좋아한다".

그 시원한 음식으로 그가 손꼽는 것이 예전에 부인이 만들어주던 냉면이다. 강순희 씨 스스로도 "냉면 기술자"였노라 말할 정도니 그 시원한 냉면 먹어 보고 싶은 마음이 굴뚝같지만, 냉면을 하자면 필수적인 틀이 이제는 이 집에 없다. 요즘에 어느 집인들 냉면 틀 갖다 놓은 집이 있을까, 있다 한들 메밀 손질해서 반죽하는 그 까다로운 일을 마다지 않고 할 이가 있을까마는, 그 복잡한 과정을 한번 들여다보자.

메밀은 물에 들어가면 힘이 덜하니까 씻지 않고 돌을 고르는 일부터 시작하는데, 손으로 싹싹 비벼가며 키로 적어도 세 번은 까분다. 그렇다고 껍질을 몽땅 까불리면 안 되는 것이 껍질이 없으면 너무 부드러워 힘이 없기 때문이다. 다 까분 것에 물을 조금만 부어두었다가 맷돌에 곱게 갈고, 다시 고운 체에 넣고 흔들어 걸러서 찬 물에 반죽을 하는데, "끈이 좋으라고" 치대고 때린다. 어지간히 되면 따뜻한 물을 약간 넣고 조금 "노그리하게 해서" 다시 매 치댄다. 이제 반죽이 다 된 것이니, 이때부터 냉면을 뽑아 삶는 일만 남았다.

그런데 이제부터가 또 일이다. 냉면 틀로 냉면을 뽑아 삶으려면 적어도 네 사람이 필요하단다. 네 과정을 거치는데 그때마다 사람 손이 필요하다는 얘기다. 우선 솥 걸어놓고 그 위에 냉면 틀을 걸고, 끝이 뾰족한 꼬쟁이 준비해 놓고, 대나무 조리 큰 것 갖다 놓고, 차가운 물 담은 큰 그릇을 준비한다. 기계로 냉면을 뽑아내려면 공이에 반죽을 뜯어넣고, 구멍 안으로 눌러야 되는데, 국수가 내려오면 꼬쟁이로 알마춤하게 길이를 끊고, 뜨거운 솥에 떨어져 삶기면 건져서 찬 물에 헹구고, 이를 건져 사리를 쪄 놓는다. 이 사리를 동치미국에 말아먹는 것인데, 특히 몸이 아프거나 할 때면 눈에 삼삼하다고 한다.

알다시피 냉면은 이북 음식이다. 강순희 씨나 이철희 씨나 집안이 본디 이북인 탓에 익숙하고 능하다 하겠는데, 이곳에 눌러앉아 살면서 강순희 씨는 충청도 음식이 참 희한하다는 생각을 많이 했다.

예컨대 묵이나 냉면에 더운 물을 부어 먹는 것도 이상하거니와, "끈

좋은" 냉면을 가위로 다 끊어 먹는 것은 "보기에도 거북하다." 묵도 곱게 채 썰어 김 부숴 넣고 지고추 종종 썰어 넣어 그냥 먹으면 될 것을, 뜨뜻한 물 부어서 숟가락으로 똑똑 끊어먹는 것이 그이 입맛이며 정서에는 도통 맞지 않는다. 이북에서는 시루떡도 찰기가 많아야 좋다고 하는 데 반해 여기서는 폭신한 게 좋다고 멥쌀을 많이 넣는데, 그이는 "안 먹었으면 안 먹었지, 그건 떡이 아니라"고 여긴다.

하긴, 음식만큼 지방마다 마을마다 제각각인 게 있을까. 이북과 충청도 음식만 다른 게 아니라 그이 살던 경북 봉화 쪽과 이곳도 차이가 있다. 특히 배추 부치는 방법이 제각각이다. 봉화 쪽에서는 번철에 기름 두르고 달구어지면 소금에 살짝 절였던 배추를 나란히 놓고 밀가루 갠 물을 국자로 퍼서 번철 가장자리로 돌려 두른다. 숟가락으로 밀가루 갠 물을 고루 쳐서 익으면 뒤집는다. 이렇게 하면 부침이 얇게 잘 익는다.

이곳에서는 살짝 절여놓은 배추를 밀가루 갠 물에 집어넣었다가 꺼내들고는 손으로 죽 훑어서 번철에 놓아 익힌다. 처음 여기 와서 이걸 보고는 기겁을 했으니, 봉화 쪽에서는 절대 손에 밀가루를 안 묻히기 때문이다. 그러나 지금 와서는 그이 또한 곧잘 그렇게 한다. 요즘에는 부산에 사는 그이 동서가 알려준 방법을 쓴다. 먼저 배추를 끓는 물에 슬쩍 숨만 죽도록 데쳐서 물기를 빼고 부치는 것이다. 생배추를 익도록 구우려면 시간이 좀 걸리는 데 반해 이렇게 하니 금방 익어 "십상 좋더라"는 것인데, 손님 많이 치르는 데 제격일 성싶다.

다독거리면서 같이 가야지

 이즈음에는 많이 줄었다 하나 아직도 일 년에 한 삼백 명이 이 집을 드나든다. 괴산의 솔뫼농장과 함께 이곳이 충북 지역의 대표적인 유기농 현장으로 손꼽히면서 소비자들이 참여하는 한살림 행사가 이곳에서 수시로 열리기 때문이다. 그 많은 사람들이 따지고 보면 그이가 수발들어야 할 이들이고 보면 어찌 귀찮고 괴롭지 않을까. 그러나 이 댁에서 손님은 늘 따뜻한 환영을 받는다. "뜻이 같은 사람들 와서 얘기하는 게 즐겁다"고 여기며, "손님은 제 먹을 거 갖고 온다"며 반긴다. 오히려 그이는 오는 사람들 싸주느라 비닐 봉지를 모아 두는데 백 개가 한 달이 못가는 경우가 많다.

 공동체 회원이라고 해서 늘 마음이 하나일 수는 없다. 특히 돈이 되니까 유기농하겠다고 하는 이들을 대할 때면 마음이 편치 않다. 예컨대 강순희 씨는 "아직 미비한 것이 많다"지만 제 집에 없거나 모자라는 식품은 물론이고 일상용품까지 몽땅 한살림에서 구입해 쓴다. 그 비용이 만만치 않을 것이 짐작되는데, 그이가 이를 기꺼이 감수하는 것은 "내 곡식은 비싸게 팔아먹겠다 하면서 남의 것은 비싸다고 안 먹는" 것이 결코 더불어 사는 자세가 아니라고 보기 때문이다. 그러나 "다독거리면서 같이 가야" 된다는 마음이 너글너글하다.

 결혼해 와 보니 쌀은 없고 좁쌀 너댓 되가 있을 뿐이어서 "월동 양식이 없네요" 했더니 새신랑은 태연히 "산 입에 거미줄 치겠소" 하더란다.

그만큼 가년스러운 살림이었고, 젊은 시절 "배 곯은 거 말도 못한다". 그 각다분한 세월을 자신은 "음식 쓰레기 청소부"가 되고, "쌀 뜨물은 송아지 먹으라고 내놓는" 알뜰하고 여무진 솜씨로 견뎌내면서, 남에게 지기 싫어하고, 세 번을 못 참는다는 그이 칼 같은 성정이 많이 누그러지고 넉넉해졌나 보다.

사람의 도리 따지는 뜸직한 남편의 영향도 없을 리 없다. 힘들게 몸 부리며 산 덕에 허리며 무릎이며 도무지 부실한 그이가 밭으로 난 가파른 산길 지팡이 짚고 가다가도 마을 어른이 보이면 지팡이 감추고 던져버리니, 예의가 이런 것일 게다.

그렇게 뒤받쳐준 부인과 함께 이 산골에 유기농업을 일으키고 친환경시범농업단지도 만들었으니, 이철희 씨, 이제는 그 옹고집 속이 굴저할까. 한 가지 "지금도 한이 맺히는 것"이 있다. 자연축산을 그만두게 된 일이다. 제 산이 몇 정보만 있다면 소를 풀어 놔주고 키우련만. 퇴비 걱정을 덜게 될 것은 물론이요, 많은 사람들이 와서 보고 배워갈 수 있지 않겠는가. 가망 없는 일일까. 모를 일이다. 그 옹고집이 꺾이지 않는 한은.

강원도 화천 시골교회 임락경

밥은 느림

'촌놈' 임락경 목사와 장애인과 오갈 데 없는 사람들 삼십여 명이
화악산 자락에서 한식구로 산다.
답답한 사람이 농사지으며, 있으면 있는 대로, 없으면 없는 대로
못 먹고 잘 사니, 병신은 있어도 병자는 없는 까닭이다.

교회라고 하더니 과연 십자가가 하나 섰다. 아마도 산에서 베어왔음직한 큰지막한 나무 두 개를 열십자로 엇갈려 묶어 농장 터 앞에 떡하니 세워놓은 것이다. 교회 이름도 시골교회인데다, 목사라는 이가 그 이름으로 불리는 걸 싫어하여 차라리 "촌놈"으로 불러달라 한다더니, 십자가도 영락없이 주인을 닮았구나 싶다.

강원도 화천의 화악산 자락, 당당하니 버티고 선 모습이 주변 산천과 썩 잘 어울리는 그 나무 십자가 뒤로 펼쳐진 8천 평이 시골교회 터로, 그 촌놈 임락경 목사가 장애인과 오갈 데 없는 사람들 삼십여 명과 함께 삶을 나누고 있는 곳이다.

그러고 보니, 그는 "나누는" 사람인 것 같다. 시골교회라는 이름을 빌어 공동체의 삶을 나눌 뿐만 아니라 어깨 너머 배운 솜씨가 전문가 실력인 수맥전문가로서 수맥과 집터를 봐주기도 하고, 몹쓸 음식 먹지 않고 제 몸의 건강과 지구 생태계를 지키는 생활을 전파하기 위하여 정기적으로 건강 강좌도 열고 있으니, 저 혼자 잘 먹고 잘 살기 위하여 제 것 챙기는 것이 아니라 더불어 살고자 있으면 있는 대로, 없으면 없는 대로 나누는 사람 말이다.

저기, 그 나누기 좋아하는 사람이 온다. 반바지에 허름한 티셔츠 하나 걸치고 검정 고무신 발에 꿰고 어슬렁거리며 오는데, 키도 작고 눈도 작고 생긴 모양새가 영락없는 "촌놈"이다.

'간편한 삶', 이 간결한 문구가 적힌 나무 팻말이 걸린 집 안으로 그를 따라 들어서니 현관에 검정고무신들이 좌 늘어져 있다. 즐비한 그 고

무신들을 보니 이곳의 대식구가 실감이 나는데, 마침 삼십 명이 넘는 그 식구들이 예배실이자 식당으로 쓰이는 널찍한 방에 모였다. 때를 잘 맞췄구나 싶다. 큼직한 나무 밥상 하나씩을 둘러싸고 식구들이 삼삼오오 짝을 지어 앉아 점심을 먹고 있는 중이다. 방 한켠에 부엌이 딸렸고, 그 사이에 이른바 배식구가 있어서 방문객들도 그 앞에 차려진 음식들 중에서 제 먹고 싶은 것을 골라 점심 한 상을 받는다.

현미와 멥쌀과 보리와 콩이 각기 제 색깔 내며 어우러진 밥이 우선 먹음직스러운 데다가 김치와 가지무침, 양배추채, 무채, 무조림, 호박나물, 멸치볶음, 머웃대 무침, 비름나물 등이 푸짐하고, 상 하나씩마다 날로 깎은 오이와 당근, 풋고추가 담긴 접시가 된장 종지를 끼고 놓여 있다. "평소에 먹는 그대로"라고 하나, 시골 점심 밥상치고도 여간 풍성하고 맛깔스럽지 않다. 이곳에서는 주로 된장과 조선간장, 소금으로 간을 본다는데, 이 날 밥상에는 특히 들깨 향이 고소하다. 머웃대를 들깨를 갈아 무쳤고, 비름나물 또한 간장과 들기름으로 간을 맞추었다. 참깨가 되지 않는 추운 지방이라 들깨 농사를 많이 하는 탓에 깨가 들어가야 할 음식에는 어김없이 들깨를 쓴다고 한다.

조선간장과 고춧가루로 버무린 가지무침, 새우젓 넣고 볶은 호박나물이며 간이 세지 않게 졸인 무조림, 식초 살짝 넣은 무채와 양배추, 어느 하나 특별할 것 없는 평범한 여름 반찬이지만, 멸치를 빼면 모두 이 집 텃밭과 산자락에서 밥 때 전에 바로바로 거두어 조리한 열매며 나물이고, 천연조미료이기에 더욱 입맛을 돋운다. 물론 부엌일을 담당하는 분의 손맛도 무시할 수 없는 요소일 것이다.

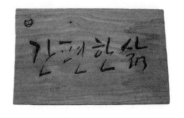

18년 전에 "쉬러 왔다가" 그대로 눌러앉아 임락경 씨와 함께 이 '시골집' 살림을 꾸려가는 이애리 원장은 이 집 밥상의 원칙이 "맛있게 먹지 말자"라고 일러준다. 그 맛이란 물론, 요즘 사람들의 입맛에 길든, 갖가지 화학첨가물이나 지나친 설탕과 염분, 지방질을 잔뜩 포함한 인공적인 맛과는 다른 것인즉, "자극성 없이 원래 제 맛대로 먹자"라는 것이다. 예컨대 나물은 그저 데쳐서 꼭 짜서 간장 찍어먹는 식이 좋다는 것인데, 다만 식구가 많으니 그렇게 하기 힘든 탓에 간을 한다고 한다.

일 많이 한다고 잘 사는 게 아니다

동쪽으로는 태백산맥에 둘러싸이고 북쪽으로는 광주산맥을 머리에 인 화천군은 지형이 높고 험준하며 일교차가 크고 겨울이 길고 추운 곳이다. 그러므로 이 지역에서는 5월이 다 가도록 밭에서 푸성귀 구경을 할 수 없다. 몇 해 전부터 비닐하우스를 마련한 덕에 푸성귀를 맛볼 수 있는 때가 5월 초로 조금 앞당겨졌다지만, 남쪽 지방과 견주자면 재배할 수 있는 작물의 종류도 적고, 잎 푸른 푸성귀를 비롯한 자연의 혜택을 맛볼 수 있는 기간이 턱없이 짧은 것이 사실이다. 농사짓는 사람에게는 결코 순탄하지 않은 자연조건이지만, 임락경 씨는 8천 평 땅을 알뜰히 활용한 '제철 음식'으로 식구들 양식을 마련한다.

봄이면 산과 들이 다 곳간이라 밭에서 푸성귀가 안 날 때라도 "조금만 돌아다니면 먹을 것이 항상 풍족하다". 그러니 임락경 씨의 머리 속에 잡초란 없다. 모든 풀이 다 '본초'로서 저마다의 개성과 독특한 쓰임새를 갖고 있기 때문이다. 그러므로 그의 앞에서 함부로 '잡초'를 들먹이면 그는 "기분나빠한다".

산나물 들나물이 시들해지고 나면 밭에서 슬슬 여름 잎채소가 올라와 가을까지 온갖 채소를 거두어 먹고, 가을이 깊으면 터를 둘러싼 산에서 절로 열리는 머루며 다래, 도토리, 밤 들이 쏟아진다. 추운 지방이라 10월이면 겨울 준비에 들어간다. 겨울 준비의 첫째는 김장이고, 뿌리채소를 저장하는 일도 중요한 일이다. 또 봄 여름 가을에 먹고 남은 채소와 나물들도 잘 말려 먹는다. 무청과 배춧잎을 말린 시래기는 기본이고 호박, 가지, 토란, 고추 등도 말려둔다.

남쪽 지방에 사는 사람이 귀농하려는 사람에게 강원도는 춥고 푸성귀를 잘 먹지 못하니 절대 가지 말라고 했다는 이야기를 임락경 씨는 무지의 소치라 여긴다. 같은 채소라도 젖었을 때는 몸을 차게 하지만 말리면 그 과정에서 건어물처럼 흰 곰팡이가 생기면서 칼로리가 높아지고 열을 내기 때문이다.

비록 겨울이면 "냉장고 크기가 삼천리"인 추운 지방이지만, "철없이" 제철음식 아닌 푸른 채소 먹는 대신 훨씬 칼로리 높은 나물을 먹으며 살고 있으니, 가을에 된장 담아 두고, 겨울에 김장 해 담고, 저장실에 당근이니 양파니 마늘이니 감자를 쌓아놓고는 겨우내 이것들 두고두고 꺼내먹으면서 따뜻한 남쪽 부럽지 않게 든든한 겨울을 날 수 있는 것이다.

게다가 겨울이 긴 만큼 일도 덜 하고 고생도 덜 한다. "농사는 일 많이 한다고 잘사는 것은 아님"을 강조하며, 도리어 "김치하고 시래기만 있으면 겨울 너끈히 나는" 이곳이 남쪽 지방보다 삶의 조건이 더 나으면 낫지 절대 못하다 여기지 않는다.

그렇다고 밤낮 푸성귀만 먹지는 않는다. 일찍이 그가 가르침을 받은 기독교 공동체 동광원의 이현필 선생이 "고기 먹지 말라"고 한 뜻을 알고는 있으나, 대식구를 거느리고 있는 몸으로 그 식구들의 요구를 모른 척할 수는 없다. 무엇이든지 과한 것이 탈이 나는 법. 적당히, 제 몸 상태에 맞춰 잘 먹는다면 "조금씩, 골고루 먹는 것"이 가장 좋은 식생활이라 여겨 굳이 고기를 외면하지는 않는다. 그러므로 명절이나 "식구들의 몸이 원할 때", 또 "좋은 일이 있을 때"면 고기도 밥상에 오른다.

이를 위해서 시골교회에서는 닭과 오리, 사슴, 돼지, 토끼를 키운다. 오리는 해마다 오리농법 하는 두물머리에서 논에 김매고 나면 올라오는 것이고, 나머지 가축은 식구들이 직접 기르는데, 사슴이 여섯 마리고, 달걀까지 덤으로 안겨 주는 닭이 이삼십 마리 되며, 두 마리 있던 돼지는 올해 새로 집을 지으면서 한 마리를 쓰고, 한 마리만 남았다. 가축들은 고기만 대주는 것이 아니라, 농약과 화학비료 쓰지 않는 것은 물론이요 효소니 목초액 따위 번거롭게 만들거나 사 뿌리는 일도 없는 이 집 밭에 똥오줌이라는 좋은 거름을 대준다.

답답한 사람이 쉬엄쉬엄

대식구가 모여 사는 곳임에도 이 시골집은 번잡하지 않다. 터가 널럴하여 복작대지 않는다는 뜻이 아니라, 식구들의 행동이며 표정이 여유롭고 한갓진 느낌을 준다. 일종의 공동체며 복지시설이라고 할 만한 곳임에도 방이 없으면 못 들어올 뿐, 나가고 들어오는 데 까다로운 제약이 있거나 일상생활에 엄격하게 지켜야 할 규칙이 따로 정해져 있지 않다. 얽매임이 없고 자율적인 생활 분위기는 임락경 씨에게서 비롯된 바가 클 성싶으니, 거창하고 계획적인 공동체를 꾸려가겠노라 열을 내기보다는 동광원 시절부터 익숙한 대로 삶이 어려운 사람들을 위해 자유롭게 문을 열어 놓은 것이다. 다만 이런 분위기를 깨는 사람은 들어올 수 없으며, 들어왔더라도 스스로 견디지 못하고 곧 나가기 일쑤다.

모든 일상생활이 그러해서 교회라는 간판은 달고 있으나 식구들끼리 모여 보는 주일예배를 빼고는 별도의 의무적인 예배나 기도 시간은 없다. 주일 예배 설교도 목사인 임락경 씨가 도맡지 않고 식구들이 돌아가며 하거나 손님들 차지가 될 때가 많다. 농사도 "답답한 사람이 짓는다". 주로 노인네들이 "쉬엄쉬엄" 짓고, 임락경 씨나 젊은 사람들이 "아주 급할 때면 달려든다". 이 집의 젊은 사람들은 요즘 새로운 일거리가 생겼다. 낡은 돌집을 헐고 그 자리에 새로 "완전 재래식" 한옥을 짓고 있는 것이다. 설계를 한 사람들은 실질적으로 시골집 살림을 맡아할 여자들이며, 특히 몸과 마음이 성치 않아 "까다로운 사람이 많은" 형편을 고려했다.

공기와 바람이 드나들어 벽이 숨쉬고, 썩거나 무너져도 자연에 폐를 끼치지 않고 그대로 자연으로 돌아갈 자연의 소재로 우리식 집을 짓고자 한 것은 임락경 씨의 꿈이기도 했으니, 이 집은 오로지 나무와 흙으로 짓고 있다. 한옥 짓기가 결코 수월한 일은 아니지만 전문 목수가 처음에 틀만 잡아 주고 간 뒤로 오로지 식구들 힘만으로 진행하고 있다. 젊고 힘쓸 수 있는 식구들이라지만 그들이 할 수 있는 일이란 나무를 나르고 흙을 뭉쳐주는 정도의 단순노동이다. 그러나 아무도 재촉하지 않고 서두르지 않으니 좋은 "취미생활"이 생긴 셈이다.

명절이면 이 한갓진 시골교회도 떠들썩하니 번잡해진다. 명절은 일년 중 가장 화려하고 걸지게 밥상을 차리는 때다. 돼지를 잡는 것은 물론이요, 두부와 도토리묵을 쑤고, 동동주와 식혜, 수정과도 담는다. 찰떡도 쳐서 먹고, 갖가지 강정과 엿도 만들어 먹는다. 갖은 음식을 장만할 뿐 아니라 젯상을 차리고, 병풍을 두르고, 식구들 모두 한복을 차려 입는다. 교회 간판을 내건 곳인지라 젯상에 절은 안 하지만 모두 제 마음 속에 그리는 이들을 잠시나마 생각하게 한다. 설에는 어른들에게 세배를 드리는 절차도 빠트리지 않는다.

명절을 명절답게 지내는 것은 임락경 씨가 진작부터 결심한 바였다. 젊은 시절에 광주 무등산에서 결핵환자들과 지낸 적이 있는 그는 명절이면 그 환자들이 집을 그리워하며 "훌쩍거리고 있는" 것이 못내 마음에 걸렸다. 그때 자신이 복지시설을 운영하게 되면 명절은 꼭 "격식 갖추어" 지내리라 결심했고, 1980년, 여기 화악산 자락에 시골교회를 열면서부터 그 결심을 실행하고 있다.

지난 설에 이곳을 찾은 옛 식구가 50여 명 되었다. 개중에는 제 집이 따로 있음에도 불구하고 이곳으로 명절을 쇠러 온 사람도 많았다. 못 오는 대신 돈을 보낸 이들도 있었으니, 아마도 그이들 마음속에 이 시골교회가 제 집으로 자리잡은 데에는 이 떠들썩하고 즐거운 명절 분위기도 한몫을 했을 성싶다. 임락경 씨에 대한 식구들의 신뢰와 애정은 가장 큰 요인일 것이다. 밥상 앞에 앉아 있는 그에게 식구들은 스스럼없이 다가와 기대앉기도 하고 다리를 주무르고 어깨를 두드려댔으니, 그이들 마음에 제 피붙이 못지않은 살가운 존재임을 알 수 있다.

그러고 보면 이 대식구 양식 대는 일이 만만치 않을 성싶다. 식구뿐만이 아니라 늘상 오고가는 손님들이 끊이지 않는 곳이니 줄잡아 끼니마다 사오십 명의 배를 채우려면 "뭐든지 한 차" 필요하다. 집이며 산자락을 끼고 있다곤 하더라도 8천 평이라면 작은 땅이 아니지만, 식구들 양식을 대기에는 턱없이 부족해서 콩 같은 경우 "그저 우리 밥에 넣어 먹는 정도"다.

겨울을 나려면 양파도 한 차, 마늘도 한 차씩 실어 날라야 하고, 김장은 천 포기씩 해야 한다. 비올 때 종종 해먹는 부침개 한 번 하려면 밀가루만도 5킬로그램 정도가 드니, 주곡은 아예 엄두를 내지도 못하는 형편이다. 콩은 마을에서 계약 재배를 하고, 양파와 마늘은 무안에서 "장난치지 말고 성장촉진제 쓰지 말고 해달라" 부탁해서 실어 온다.

추운 탓에 대추나 밤 정도를 빼면 과일도 잘 되지 않는데, 다행히 주

위에서 과일 농사하는 몇 사람 덕에 과일은 충분하다. 사과는 홍성에서, 귤은 제주도에서 아는 이들이 팔고 남는 것들을 나눠주거나 싸게 팔기도 하고, 생선 장사를 하는 임락경 씨의 친구 집에서는 한 달에 한 번씩 냉장고 청소하면서 남은 생선들을 한 차씩 실어온다. 생선이 오는 날은 마을에 고루 인심 쓰는 날이 된다.

그렇더라도 대식구 살림 꾸려가기가 쉽지는 않을 터인데, 십여 년 전 시작한 된장 판매 사업이 이삼 년 전부터 제자리를 잡아가고 있고, 임락경 씨가 손수 전국을 다니며 따오는 꿀도 곧잘 팔려 살림에 도움이 되고 있다. 벌이 잘되면 전국을 돌며 "경상도 아카시아, 제주도 유채, 전라도 자운영, 충청도 딸기, 경기도 밤꿀"을 고루 취할 수도 있지만, 그 형편이 해마다 같지 않아서 붉나무꿀이 나올 때도 있고, 싸리꿀이 나올 때도 있다.

어쨌거나 이런 사정을 속속들이 알 리 없는 마을 사람들로서는 "도대체 뭐 먹고 사냐"고 궁금해하지 않을 수 없다. 그 형편을 미주알고주알 설명할 수 없는 임락경 씨가 "도둑질해서 먹고 산다"고 하자, "누가 그거 모르느냐, 도둑질해도 이삼십 년 안 잡히고 사는 게 신기해서 물어본 거다"라는 답이 돌아왔으니, 마을 사람들 눈에는 이들이 "뭘 훔쳐다 먹었는지 농사를 지어 먹었는지"는 알 수 없으되, 지금까지 별 탈 없이 잘 살고 있는 게 기특하고 신기해 보이는 것이 당연하겠다.

콩 백 가마에 메주 오천 장

앞에서 보았듯이 이 집에서 가장 중요한 음식은 저장식품이다. 된장도 따지고 보면 발효의 원리를 이용한 저장식품인즉, 된장 담는 일은 시골교회에서 해마다 치르는 큰 행사의 하나다. 집에서 먹는 것과 파는 것을 합해 한 번 된장을 담을 때마다 드는 콩이 백 가마나 된다. 이 많은 콩을 자체적으로 심고 거둘 수는 없는 일인지라 마을의 열 집 정도와 계약 재배를 하고 있다.

된장을 담아 판 지는 10년이 좀 넘어가는데, 처음부터 팔려고 담은 것이 아니라 우리 콩을 살리기 위한 뜻에서 시작한 일이었다. 갑자기 식구가 늘어 콩이 부족하자 여기저기 콩을 구하려 했으나 도무지 구할 수 없는 사태에 그는 놀랐다. "목화가 침략당하고, 밀이 침략당하고, 이제 우리 콩 농사까지 침략당했구나" 싶어 대책을 궁리한 것이 된장 판매 사업이었다. 마을 사람들에게 아무 대책 없이 무조건 제초제 안 친 콩은 다 사겠다고 했더니 너도나도 콩 농사를 지어 왔으니, 그 콩을 또 무조건 다 사서 메주도 쑤고 두부 장사도 하고 청국장도 나누어 먹었다. 아침 한 끼는 콩죽을 먹는 것으로 바꾸고 나아가 가는 곳마다 콩죽을 권하고 다니기도 했다. 그렇게 시작한 콩 농사고 된장 판매 사업인데, 적자를 면한 지는 겨우 이삼 년 되었다.

우선, 콩 백 가마를 씻고 삶는 일부터가 큰일이다. 하루에 여섯 가마에서 아홉 가마를 씻어서 대형 가마솥 여섯 개에 나눠 담고는 새벽에 불 지펴 보통 서너 시간을 삶는데, 꼬박 20일 정도 걸린다. 콩을 일일이 손

으로 씻으니 식구들 중에 힘쓸 수 있는 사람들은 다 나서서 일을 돕는다. 삶은 콩을 으깨어 메주를 빚는데 콩 백 가마면 메주가 오천 장이 나온다. 이를 유리 건조장의 나무로 짜서 세운 선반에 차곡차곡 쌓아 놓고 말린다. 요즘에는 전기로 메주를 말리는 풍속이 점차 일반화되고 있다고도 하는데, 여기에서는 비가 오거나 날이 습할 때면 불을 때고, 맑은 날이면 자연풍으로 말린다. 한두 장도 아니고 메주 오천 장을 이렇게 말리려면 공기와 습도를 조절하는 일이 보통 힘들지 않을 터. 처음에는 온도계를 가지고 일일이 온도를 재어 불을 높이고 낮추고 했으나 이즈음 그 온도계를 손에서 놓았다. 그 비결은 곰팡이다.

이렇게 40일 정도 말리고 나면 다시 온돌방에 채곡채곡 쌓아 이불을 씌우고 다시 40일 정도 띄운다. 이때도 온도와 습도를 적절히 맞추어야 함은 두말할 필요도 없는 일. 옛말에 "부잣집 된장이 맛있다"거나 "메주는 노인네들하고 함께 산다"는 말이 있는 것은, 부잣집일수록 방을 따뜻하게 하고, 늙은이들이 집안에서 가장 따뜻한 방에서 지냈기 때문이다.

잘 띄워진 메주를 꺼내 씻어서 물기를 빼고 항아리에 담고 소금물을 붓는다. 이때 소금물은 미리 타놓는데 뻘을 가라앉혀서 위에 불순물 뜨는 것을 고운 망으로 건져 놓고 쓴다. 보통 큰 항아리 하나에 콩 한 가마가 들어가니 항아리 백 개가 된장 담는 행사에 동원된다. 소금물을 붓고 나면 흔히 하듯 숯과 붉은 고추를 띄운다.

발효의 비밀

이 집에서는 된장 맛이 우선이기 때문에 25일쯤 지나면 메주를 건진다. 장 가르기를 하는 것인데, 간장을 맛있게 하려면 40일 정도를 두는 게 좋다. 특이한 것은, 간장을 달이지 않고 곱게 걸러서 그냥 햇볕에 말린다는 것이다. 숯으로 소독은 되었고, 간은 맞추어 놓았으니, 굳이 다시 끓이고 엿 달이듯이 달일 필요가 없다는 것이 경험으로 터득한 바다. 무엇보다 간장을 끓여서는 기껏 생성된 발효균을 오히려 다 죽이는 일이 되기 때문이다.

임락경 씨는 발효의 원리란 "곰팡이를 먹는 것"이라 한다. 메주를 띄울 때 피는 곰팡이는 메주가 어느 정도 숙성되었는지를 알려 주는 신호다. 흔히 곰팡이는 네 종류로 나뉘는데, 흰 곰팡이가 해독제로서 가장 좋다. 메주에 노랑 곰팡이가 피었다면 이는 "메주가 춥다"는 뜻이다. 즉, 메주 띄우는 방 온도가 좀 낮다는 신호로 방 온도를 조금 높여 준다. 파랑은 "메주가 감기기가 있다"는 신호다. 썩 좋지 않다는 것인데, 다만 이게 흰 곰팡이와 섞이면 해독이 된다고 한다. 까만 곰팡이는 "독"이다. 메주가 썩은 것이다. 이건 버려야 한다.

그 자신도 "메주를 끼고 살다 보니" 이를 터득했다 하니, 요새 사람들이 이런 원리를 알 리가 없다. 어쩌다 된장에 흰 곰팡이가 끼었다고 반품이 들어오는 것을 보면 알 수 있다. 물론 흰 곰팡이가 안 끼게 할 수도 있다. 알콜 처리를 하든지 방부제 처리를 하면 될 일이다. 그러나 먹는 음식에 약품 처리를 한다는 것은 농약 안 뿌리고 화학비료 넣지 않고 평

생 농사지어 온 사람으로서 할 짓이 못 된다. 발효식품이고 살아 있으니까 곰팡이도 피고 또 어쩌다 벌레가 나올 수도 있는데 이 사실을 모르니 질겁을 하고 상한 식품이라 생각하는 것이다. 된장에 흰 곰팡이가 마치 밀가루 뿌린 듯 곱게 끼면 뒤집어 꾹꾹 눌러 놓고 먹으면 되는데, 그는 그 부분을 걷어 찌개를 끓여 먹는다.

어느 나라든 발효식품이 있다. 서양인들의 주식인 빵이 발효식품이며 치즈와 포도주 또한 그렇다. 우리는 주식인 밥이 발효식품이 아니기 때문에 반찬으로 "여러 가지 발효식품을 동원한다". 김치가 그렇고, 된장, 간장, 고추장이 그렇고, 말린 나물들이 그렇고 말린 생선이 그렇다. 떡은 꿀이나 조청을 찍어 먹고, 고구마는 배추김치나 김칫국을 곁들여 먹고, 고기는 미리 재어 놓았다가 먹는 것이 다 발효의 원리를 밥상에서 실천하는 것이다.

발효식품은 사람에게만 좋은 것이 아니다. 동물도 발효시킨 걸 먹이로 줘야 건강하고, 과수도 흰 곰팡이가 난 퇴비를 줘야 건강하다. 푸성귀는 "아주 예민해서" 조금만 발효 안 된 것을 주면 "병이 난다". "몸살을 앓는" 것이다. 그러므로 퇴비를 만들 때는 음식 만들 때 못지않게 정성을 쏟는다. 비 맞지 않고, 완전히 발효되어 덩어리가 없도록 한다.

임락경 씨가 또 해마다 빠트리지 않는 일이 있으니 바로 누룩 만들기다. 명절에 술을 담기 위해서다. 교회 목사라는 이가 술을 빚는다고 흠잡는다면 달리 할 말은 없으나, 그는 막걸리는 술 이전에 유산균 음료라 생각한다. 우리 풍속에 정월 보름에 귀밝이술이라고 마셨던 동동주는 술 가운데 "제일 맑고 깨끗하고 순하고 발효균이 가장 많은" 술로 몸에 있는 불순물을 청소해 준다. 예수가 최후의 만찬에서 제자들에게 건넨 포도주도 발효음식이 아닌가. 무엇이든 과하면 탈이 나는 법인즉 적당한 양은 약이 된다고 여긴다. 그가 보기에 요즘 음식에는 유산균이 없다. 김치는 냉장고에서 보관되니 시어질 일이 없고, 된장, 고추장, 막걸리는 공장에서 만들어져 변질이 안 되니 제대로 발효될 수가 없다. 간장은 왜간장에, 고추장은 케첩에, 엿은 쵸콜릿에 쫓겨난 오늘 이 땅의 음식문화가 애석할 뿐이다.

병신은 많아도 병자는 없다

김치를 담든 된장을 담든 가장 중요한 요소는 "정성"이다. "정과 성이란 게, 맛은 어떨지 몰라도 나중에 영양소, 활력소까지 간다"는 믿음은 오랜 경험에서 우러나온 것이다. 정성이 없는 식품의 대표적인 것이 가공식품이다. 그러므로 그는 식구들에게 되도록 빵이며 라면이니 과자 같은 가공식품을 먹이지 않는다. 담배며 고기보다 더 나쁜 것이 가공식품이라고 생각한다. 정성만 없는 것이 아니라 농약과 방부제, 온갖 화학조미료가 듬뿍 든 가공식품은 다른 무엇보다도 "피를 탁하게 하기" 때문이다. 옛날에는 주로 못 먹어서 병이 났다면 먹을 것이 넘쳐나는 오늘날에는 너무 많이 먹어서, 또는 당장 입맛에 맞는 것만 잘못 먹어서 생긴 병이 많으니, 그가 보기에는 "음식이 약이고

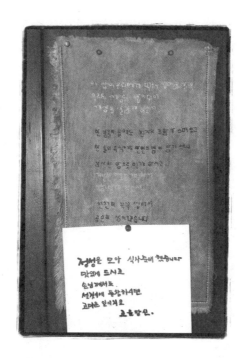

병"이다. 그러므로 병이 나기 전에는 조심해서 "잘 골라먹어야" 되고, 병이 났으면 그 전에 즐겨먹던 음식을 "절대 끊어야 한다".

어쩔 수 없이 가공식품을 먹었다면 "해독"을 시켜야 한다. 예컨대 도토리는 중금속을 해독시키고, 녹두는 약을 먹고 체했을 때, 미나리는 생선을 먹고 탈이 났을 때 좋은 해독제가 된다. 식중독에 걸렸을 때는 일단 땀을 되게 흘리고, 된장 두 숟가락 정도를 조리에 걸러 그 물을 마시면 응급 처치는 된다. 미리 조심하려면 모든 생선회는 식초를 쳐서 먹고, 돼지고기는 새우젓을, 쇠고기는 배를, 개고기는 살구 등을 넣어 먹는 것이 좋다. 여기에 "발효된 음료"인 막걸리나 소주를 한 모금만 곁들이면 더욱 좋다.

이런 생각으로 여느 목사들 설교하듯 식구들에게 음식에 관한 잔소리를 자주 한다. 또 무엇보다 제철에 난 음식, 제철 과일과 채소를 먹게 하고, 몸이 아픈 듯하면 하던 일 다 제쳐놓고 편히 쉬게 하며, "한 집에 살아도 식성이 다르면 같은 병이 나도 약이 달라야 한다"는 원칙에 따라 병이 나면 먹던 음식 살펴 처방을 내린다. 이렇게 생활하다 보니 시골교회에 "병신은 많아도 병자는 없다"는 말도 생겨났다. 여기 식구들과 산 20여 년 동안 초상 딱 한 번 치르고, 교통사고 난 것 말고는 병원에 가 본 적이 없기에 생긴 말이다.

임락경 씨가 먹는 음식을 두고 까다롭게 굴며 "말이 많은" 것은 물론 건강을 위해서지만, 단순히 건강하게 오래 잘살겠다는 욕심에서 비롯된 뜻만은 아니다. 궁극적으로 그가 바라는 것은 "바른 식품을 생산하고 먹어서 깨끗하고 맑은 정신과 몸으로 살자"는 것이니, 그는 우리가 먹는 음식을 정화하는 것은 결국에는 "지구를 살리는 근원이고 생명을 살리는 시작"이라고 여긴다. 그런 의미에서 "잘 먹고 잘 사는 법이라는 소리는 없어져야 한다"고 못박는 그의 말을 잘 새겨야 할 것 같다. "못 먹고 잘 사는 법". 먹어서는 안 될, 못 먹을 음식들이 넘쳐나는 이 시대에 내 한 몸의 건강을 위해, 이 지구의 건강을 위해 어떻게 먹고 살아야 할지 그가 일러주는 길이다.

전남 승주 한원식

밥은 똥

문유산 자락 숨통 열린 땅에서 숨통이 트인 모듬살이를 하고 있다.
"싫은 연습이 없어. 그냥 사는 거지. 자연에 순응하면서 열씨구나 질씨구나 사는 거지."
흔들 춤 너울 춤 함께 추며 축제 같은 시간을 채워 가고 있다.

넓지 않은 마당에 겨우 사람 지나다닐 길 내고는 빼곡이 자리가 깔리고 채반들이 널렸다. 그 안에 담겨 짱짱하고 투명한 초가을 햇살을 받아 색색으로 빛나는 저 어여쁜 것들이 무엇인가. 밤이며 표고버섯, 고추, 구기자, 옥수수로구나. 지쪽 자리에 펼쳐진 것은 땅콩하고 조로구나. 세상에, 앙증맞기도 하지. 밤은 도토리만 하고, 표고버섯은 손가락 한두 마디 정도하고, 고추며 옥수수도 보통 크기의 절반 정도지 싶다. 땅콩은 정말 땅콩만 한데, 이 갖은 열매들의 저마다 고운 빛깔이 어찌나 또렷하고 생생한지 보는 것만으로도 가을걷이한 농부의 흐뭇한 미소가 절로 일어난다.

방문 앞 툇마루에는 머루며 산초, 재피, 복숭아씨들이 자리를 잡고 앉아 빛깔과 향기를 다투며, 처마 밑을 잇대어 헛간으로 삼은 공간에는 마늘과 양파, 쪽파들이 주렁주렁 매달려 햇살과 바람에 몸을 맡기고 있다. 마당 끄트머리에는 나무에 목줄을 늘어뜨리고 새끼돼지 한 마리가 한갓지게 거닐고 있고, 앞마당 끝에서 비스듬히 흘러내리는 비탈 따라 가지런히 놓인 벌통들은 깊은 잠에 빠진 듯 고요하다. 그리고 이 집. 슬레이트 지붕 인 한 칸짜리 오두막. 한 점 눈에 걸릴 것 없이 청량한 하늘 아래, 맞은편에 우뚝이 솟은 조계산을 끌어안고 문유산 자락으로 울을 삼아 있는 듯 없는 듯 폭 파묻혔다.

이 집에서는 전기를 쓰지 않는다. 집은 온전히 산자락에 파묻힌 형국이라 바깥 햇살이 아무리 눈부신 한낮에도 방 안은 그저 어둑한데, 앞뒤 방문을 열어젖히자 기다렸다는 듯 빛이 쏟아져 들어온다. 방문 크기만큼 들어오는 빛으로 일행들 앉은 자리는 웬만큼 환한데, 주인은 손님 대접한다고 촛불을 켠다. 그렇게 밝은 대낮에, 촛불을 켠 방 안에서 밥상을 받는다.

깊은 산중의 밥상이 참으로 푸짐하다. 김과 김치, 멸치볶음 같은 기본적인 밑반찬과 간장과 식초로 삭힌 마늘종, 들깨가루와 새우젓으로 무친 호박나물, 표고버섯과 양파 볶음 들이 아기자기 놓였고, 풋고추와 날양파, 오이, 무를 깎아 한데 담은 접시가 된장, 고추장 종지와 함께 놓였다. 어제 들른 손들이 들고왔다는 고등어자반 찐 것이 한 자리를 차지했고, 역시 그 손들이 갖고 와 먹고 남은 돼지고기 넣고 끓인 찌개가 상 가운데에 놓였다. 방아와 재피를 함께 넣고 된장, 고추장을 풀어 얼큰하고도 톡톡한 맛이 절로 밥맛을 돋우는데, 훈제했다는 돼지고기 한 점을 입에 넣으니, 입 안에서 그대로 녹는 것처럼 연하고 부드럽다.

뒤를 이어 쟁반 하나 가득 담긴 푸성귀들이 따라 들어온다. 여름 다 지난 밭에서 웬 푸성귀를 이리도 많이 거두었담. 여직도 도시 촌놈 처지를 벗어나지 못한 눈에 이름을 알 수 있는 것은 깻잎 정도. 그 향으로 박하와 재피 정도를 겨우 알아채겠고, 집 주인이 일일이 일러 주신 바에 따르면, 쇠무릎, 거북꼬리, 순무잎, 뽕잎, 모시잎, 비름이란다. 오늘 밥상에는 명아주와 고마리를 비롯해 다른 여러 푸성귀들이 빠졌다는데, 모양도 그렇거니와 이름조차 귀에 선 것들이 많다. 이것들을 여러 장 겹쳐서 그대로 된장이나 고추장을 찍어 먹거나, 자반을 한 점씩 넣어 먹는다. 갖가지 맛이 쌉싸래하면서도 상쾌하고, 담백하고도 그윽한 향에 입은 물론이요 뱃속까지 맑아진다.

이 쌈이 보기에 풍성하고 맛깔지긴 하나 이 집 밥상의 가장 특별하고 화려한 주인공은 밥이다. 들어간 곡식만도 스무 가지는 좋이 된다는데, 멥쌀과 현미와 현미찹쌀은 기본이요, 콩, 수수, 팥, 메밀, 옥수수, 율무, 통밀, 통보리, 밤, 조의 한 종류인 이조, 검정깨 등등이다. 콩 종류만도 일곱 가지라는데, 이 여러 곡식들이 그릇 하나에 담긴 모습을 상상해 보라. 희고, 붉고, 노랗고, 푸른 온갖 색이 어우러들고 점점이 까만 그 모양새와 빛깔이 아름답기 그지없다. 또 그 맛이란.

반숙이 좋다 하여 일부러 뜸을 들이지 않는다더니, 입에 밥 한 숟가락 넣고 꼭꼭 씹노라면, 처음에는 선 밥처럼 풀기없이 까슬까슬하던 것이 씹을수록 차지며 고소하고 단 맛이 우러나온다. 그뿐인가. 입 안에서 톡톡 튀는 가지가지 곡식 낱알들을 헤아리며 깨물어 씹는 것도 입을 즐겁게 하는 일이다. 여기에 다시 삶은 옥수수와 찐 감자가 한 접시 나온다. 흔히 간식으로 먹는 것을 밥때에 함께 먹는 것이다.

이 다양한 음식들을 죄다, 제대로 맛보려면 결코 서둘러서는 안 될 성싶은데, 과연 주인은 "이백 번은 씹으라"고 당부를 한다. 그것도 "밥 따로, 반찬 따로". 그 엄청난 횟수를 꼬박 채우지는 못하지만 밥은 밥대로, 반찬은 반찬대로 그렇게 오래도록 씹으며 먹으니, 절로 그 맛을 깊이, 섬세하게 음미하게 된다. 밥알 하나하나를, 푸성귀의 마지막 섬유질까지를 다져 씹으며, 모든 곡식과 열매의 알차고 싱싱한 기운이 몸에 흘러들어옴을 실감한다.

밥 먹는 일이 그저 배를 채우고 혀 끝을 만족

시키는 데에 끝나는 것이 아니라 마치 의식을 치르는 것처럼 마음이 가다듬어지고 몸이 바로 잡히니, 이 집에서 밥을 먹는다 하지 않고 "밥을 모신다"고 함이 마땅함을 알겠다.

잃어버린 밥의 정신

　　　　　전라남도 승주 문유산 자락, 돌정자마을이라고는 하지만 깊은 산자락에 외따로 틀어앉은 집에 한원식 씨와 안혜영 씨가 7년 전부터 몸을 부리고 있다. 누군가 귀띔해 주기를 한원식 씨는 우리 나라에서 자연농법을 실천하며 사는 몇 안 되는 농부의 한 사람이라 했다. 자연농법은 땅을 갈지 않고, 농약과 비료를 쓰지 않고, 제초제를 쓰지 않는 농법이다. 농사를 짓되 '자연에 맡기고 사람은 최소한의 도움만 준다'는 것이다. 곰곰 새겨 보자니, 이 얼마나 놀라운 말인가. 따지고 보면 농사란 그 자체가 자연에 대한 인간의 간섭임을 부인할 수 없으니, 그 간섭을 최소화하여 도움을 준다고 하는 것은 일체 자연에 대한 진지한 경외심이 없고는 받아들이기 힘든 얘기일 것이다.

"모신다"고 하는 것은 한원식 씨가 생각하는 "바른 삶"의 기본이다. "바르다"는 것은 온전하다는 말이며, 온전하다는 것은 "자연에 순응하는 것"이라고 그는 말한다. 자연의 섭리에 맞추어, 그 질서를 깨트리지 않는 삶을 이르는 것이다. 자연 안의 모든 존재가 소중한 생명이며, 그 모든 생명이 조화롭게 어우러진 세계가 진정한 공동체라는 그의 생각

은 "생명의 논리"로 정리된다. 이 지구 공동체에서 사람도 뭇생명과 다름없는 한 생명체일 뿐이니, 그의 집에서는 밥만이 아니라 모든 일상 행위가 모심을 받는다. 밥 모심, 손님 모심, 잠 모심, 똥 모심, 담배 모심까지.

만물을 받들어 모시는 것이 "생명의 논리"라면 거꾸로 자연에 맞서고 이겨내려는 것은 "힘의 논리"다. 우리 밥상에서 현미 잡곡밥이 아닌 흰쌀밥이 대세를 이루는 것은 "생명의 논리"가 "힘의 논리"로 바뀌었음을 보여주는 단적인 예다. 가장 바르고 온전한 밥은 흰쌀밥이 아니라 매조미쌀, 즉 현미로 지은 밥이니, 그의 표현을 빌면 '살'로 지은 밥이다. '쌀'이라고 부르는 것은 겉껍질 벗겨낸 '살'에서 속꺼풀마저 벗겨냄으로써 보기에는 좋을지 모르나 먹을 수 있는 양은 절반이 줄어드는 것이니, 이는 둘이 먹을 것을 혼자 먹는 "공동체 파괴 행위"다. 힘의 논리가 세상을 지배하게 되면서 진정한 의미의 "밥을 모두 잃어버렸"으니, 밥이 가지고 있는 모둠과 나눔의 정신을 잃어버렸다는 뜻이다.

이 집의 밥상은 현대 사회가 잃어버린 밥의 정신을 오롯이 살려내고자 한다. 밥 한 그릇에 스무 가지 곡식이 들어가고, 적어도 다섯 가지 이상의 풀을 상에 올리는 것은 그가 강조하는 다양성을 실천하는 일이기도 하다. "다양성이 펼쳐질 때 최소화하는 삶이 가능"하기 때문인데, 먹을거리를 다양하게 함으로써 각각의 소비량을 최소화한다는 것이다. 이는 내 한 입에서 덜어내어 다른 사람의 한 끼 양식을 삼을 수 있다는 나눔의 행위이니, 그는 "밥 바로 모심"은 또한 "생명사상"에 이르는 길

이라고 여긴다.

하루에 두 끼만 챙기고, 적어도 "백삼십 번 이상" 오래 씹어먹는 것은 물론 건강한 몸을 이루기 위한 길이기도 하지만 쓸데없이 많이 먹는 것을 금하려는 마음에서 빚어진 생활 태도다. 쌀이 아닌 살로 밥을 짓듯 "전체식"을 즐기는 것도 마찬가지다. 통밀, 통보리, 수수까지도 껍질 있는 곡식은 웬만하면 도정하지 않은 채 밥을 짓고, 생선도 뼈를 발라내지 않고 통째로 먹는다.

무엇보다도 밥은 건강한 몸을 이루기 위한 구심점이다. 한원식 씨는 밥이야말로 의학의 근본이자 완성이며, "밥이 바르면 의학으로부터 해방된다"고 말한다. 그의 경험으로는 밥 모심을 바로, 정성껏 하면 몸에 탈 날 일이 없다. 행여 탈이 나면 이를 "하늘이 나를 바로잡아 주는 것"으로 고맙게 받아들인다. 그가 익힌 자연의학에서는 "증상이 곧 요법"이라 했으니, 탈이 나면 몸이 그것을 알아차리면서 풀어준다는 것이다. 병이란 우리가 흔히 쓰는 말로 '앓이' 인즉, "앓이가 일어나면 이를 내보내고 싶어 하며, 내보내려고 하는 능력이 몸 안에 생긴다. 그 능력을 잘 모시는 것"이 탈을 고치는 길이다. 그 능력을 잘 모시고 키우기 위해 가장 중요한 일이 밥 모심이다. "의학에서 벗어나지 못하면 귀농해서 돈 걱정해야 한다"는 그의 염려는 사실인 바, "바른 밥 모심"은 그토록 중요한 일이다.

밥 모심, 똥 모심

　　　　　　　　　　한원식 씨가 밥을 모신 지는 자그마치 20년
이 넘는다. 자연농업을 한 지가 그만큼 되었다는 얘기인데, 한때는 관행
농으로 큰돈을 벌기도 했던 그가 정반대의 길을 택하게 된 것은 기계로
땅을 가는 것이 땅의 숨통을 막는 일임을 깨닫고 나서부터였다. 농사를
짓는답시고 땅을 죽이고 있었던 것이다. 그 길로 관행농을 접었다.

　농사를 자연에 맡기고 하는 최소한의 일이란 어떤 것들인가. 그 또한
풀을 없애지 않는 것을 원칙으로 삼는다. 풀을 없애야 한다면 작물을 둘
러싼 최소한의 범위 안의 풀만 벤다. 또 집 뒷간에서 나오는 똥오줌 받
아 뿌리는 것으로 거름을 삼는 것이 전부다. 이것이 땅의 "숨통"을 열어
"살아있는 땅"을 만드는 길이라 믿으며, 그 자신이 20년을 실천하면서
확인한 바다.

　풀을 베어 그대로 그 자리에 덮기도 하지만 그는 엮어서 나무에 걸어
말리기도 한다. 이듬해 농사 준비라는데, 풀을 베어 차곡차곡 쌓아 썩혀
퇴비를 만들기도 하지만 이렇게 썩지 않도록 말려 보관하는 이유가 두
가지다. 하나는 우선 썩히지 않아야 "덮을 게 많다"는 것이고, 또 하나
는 지렁이를 위해서다. 풀 속에서 지렁이와 각종 미생물이 집을 짓는데,
퇴비를 만들면 그 양이 축소되므로 지렁이 집이 그만큼 줄어든다는 것
이다. 지렁이가 땅을 부드럽고 거름지게 하는 중요한 일꾼임은 새삼 말
할 필요가 없고, 그는 사람이 직접 퇴비를 뿌리면 지렁이가 제 할 일을

못하게 된다고 여긴다. "사람이 다 할려고 하면 안 된다"는 것이니, 지렁이는 물론이고 각종 미생물들이 왕성하게 활동할 수 있도록 하자면 마른 풀을 밭 위에 펼쳐주는 것이 좋다고 여겨 그리 한다.

풀 못지않게 중요한 거름인 똥도 극진한 모심을 받는다. 그의 말에 따르면 이 집 밥이 맛있는 것은 바로 "똥 모심을 잘하기 때문"이다. 똥 모심을 잘하면 "유기농은 비교가 안 될" 만큼 "최고의 맛, 최고의 풍성함을 얻을 수 있다". 이를 위해서 뒷간이 또 그만큼 중요한 대접을 받아야 함은 당연할 터. 이집트의 피라미드 모양같이 나무를 세우고 얽어 만든 뒷간 안에 들어가 앉으면 앞마당 아래로 느긋하게 흘러내리는 비탈을 따라 이루어진 논밭과 맞은편 조계산이 한눈에 들어온다. 절로 가슴이 트이고 눈이 시원해지는 풍광을 이루니, 그가 자랑하듯 "이 집 최고의 명당 자리"임에 틀림없다.

산비탈을 따라 이루어진 천오백 평 논밭 농사 또한 이 똥 모심을 얼마나 잘하느냐에 따라 해마다 달라진다. 두 부부 먹는 거야 이 농사로 족하고도 남을 터이나, 자연농업의 본을 보기 위해 해마다 이 집을 찾는 천 명쯤 되는 손님들은 무엇으로 먹인단 말인가, 그의 답은 간단하다. "사람은 누구나 제 먹을 것은 가지고 태어난다"고. 그 많은 방문객들이 이 집에서 거저 밥을 먹는 것이 아니라 대가를 치르고 간다는 것이다. 즉, 그들이 부려놓는 똥이 좋은 거름이 되니, 손님이 많으면 일손도 늘고 거름이 많아져서 농사짓는 땅도 넓어지는 반면, 손님이 적으면 거꾸로 일손도 줄고 거름도 적어 농사짓는 땅도 줄어들며 따라서 수확도 줄어드는 이치란다.

그 말대로라면 크게 하는 일 없는 것이 자연농업인 듯싶지만, 그는 손을 놀리는 법이 없는 부지런한 농부다. 특히 제 밭에서 키우고 자라는 모든 작물의 씨앗을 손수 받아 종을 번식시키며, 끊임없이 품종 교배 실험을 하는 것은 남다른 자세라 하겠다. 그는 토종 씨앗을 고집하지는 않는다. 잡종은 문제가 아닌 것이, "잡종이라도 고정화되면 된다"고 보기 때문이다. 그러므로 여러 품종을 교배해 나가면서 우월종을 찾는 노력을 게을리 하지 않는다. 벼는 물론이요 고추며 배추며 과일나무까지.

이 노력이 20년을 넘었으니, 이 집 밭에 다른 밭에서는 흔히 볼 수 없는 작물들이 유달리 많은 것이 그런 연유에서다. 웬만하면 웃통 벗고 맨몸으로 일하느라 볕에 타다 못해 반들반들 윤이 나는 몸이 다람쥐 못지않게 날랜 그를 좇아 산자락을 오르내리며 보니, 조의 한 종류인 이조도 색다르거니와 뿌리배추의 일종이라는 "쫑배추"가 있는가 하면, 무도 흰 무와 붉은 무, 이를 교배한 순무 따위로 몇 종류가 된다. 빨간 감자니 수박호박, 야생파, 돼지파도 흔하지 않은 작물들이다. 그만큼 밭 모양도 다채로우며 먹을거리도 풍성할 수밖에 없다.

벼농사에서도 그는 왕성한 실험 정신을 발휘하여, 일본 자연농업의 선구자인 가와구치 요시카즈의 방법을 따라 일군 논에서는 직파한 다마금이며 안락미, 심지어 돌연변이도 어깨를 나란히 하고 있다. 그러나 논농사는 아직 만족할 만하지 못하다. 씨앗이 이 지역의 자연조건에 잘 어울리지 못하는 데다 "멧돼지가 둘러엎고 꿩이 파먹어" 제대로 수확을 올리지 못하고 있다. 양배추와 양파도 아직 종자를 고정화하지 못했다.

"한 번만 받으면 되는데, 그 한 번이 안 되는" 것이, 씨가 맺히지 않아 원종을 못 구하고 있다는 것이다. 올들어 양파 하나를 겨우 구했다 하니, 이 양파 씨를 고정화하기 위해 또 몇 해를 씨름할 것이다.

청국장 두부치즈, 고등어 국수

산 속인데다 밭에 갖은 작물들 있으니 이 집 밥상이 다채롭고 풍성하지 않을 수 없다. 특히 봄부터 가을까지는 온갖 풀과 열매와 곡식으로 그야말로 "밥상이 넘쳐난다". 흔히 못 먹는 것으로 여기는 풀도 그의 집에서는 훌륭한 음식이 되기 마련이어서, 농사짓는 이들에게는 지긋지긋한 잡초의 대명사인 돼지풀이니 환삼덩굴조차 이 집 밥상에서는 독특한 향취를 가진 푸성귀 대접을 받는다. 어린 칡잎이니 뽕잎은 물론이요, 생강나무 잎은 부침을 해도 좋고 쌈에 특히 좋으며, 말려서 담배로 쓰기도 하는 망개 또한 훌륭한 쌈거리다. 참빗살나무 가지로는 차를 끓이며, 잎은 홑잎나물이라고 봄에 무쳐먹는다. 산초 열매로는 장아찌를 담고, 역시 쌈으로 먹기도 하는 모시잎으로는 떡을 해먹기도 하고, 이조 잎으로 나물을 무쳐먹는다.

산에서 채취하는 것은 양은 그리 많지 않지만 효율성은 "엄청 높다". 먹을 것만이 아니라 자족의 생활을 이룰 수 있는 여러 자원들을 준다. 감태나무는 도끼자루나 괭이자루로 좋고, 물푸레는 염색용으로도 좋거니와 도리깨를 만들 수 있다. 때죽나무는 말려서 받침으로 삼을 수 있고, 탱자며 아카시아도 묵은 것으로 연장 자루를 만들 수 있다. 그뿐이 아니다. 그 뿌리를 삶아 음료수로 마셔도 좋은 띠는 여름자리로 좋고, 온 산에 흰 깃발 날리듯 눈부신 억새는 오리털 못지않게 폭신하고 따뜻하여 겨울용 이부자리에 안성맞춤이다.

온갖 곡식과 푸성귀와 열매가 널렸으니 이를 주식으로 삼긴 하지만 채식을 고집하지는 않는다. 생선이며 고기를 굳이 가리지 않되, 다만 주식으로 삼지 않을 뿐이다. 생선이며 고기는 주로 손님들이 들고오는데, 때로 그가 손수 덫을 만들어 잡기도 하고, 집에서 기르는 것을 잡기도 한다. 고기 먹는 일이 그는 생태계 "조절"을 위해 필요한 일이라 여긴다. "조절 안 하면 걔네도 못 살고 우리도 못 살기" 때문에 그는 가끔 꿩이며 노루, 토끼를 잡는다. 멧돼지란 놈이 늘상 밭에 피해를 주기 때문에 잡아 보려 했으나 아직 성공한 적은 없다.

어쨌든 고기를 먹는 날은 잔치하는 날이다. 하긴 예전에는 일년 중 고기를 먹는 날은 명절이나 집안 잔치를 하는 때에 그쳤던 것을 언제부턴가 고기가 밥상의 중심이 되어 버렸다. 한원식 씨가 보기에 이는 "약육강식"의 논리에 따른 밥상이다. 이 또한 공동체적 삶을 파괴하는 행위임은 두말할 필요도 없다.

마음만 먹으면 못할 바도 아니지만 "굳이 필요가 없어" 전기를 쓰지 않는 집이니 냉장고가 있을 리 없다. 그러니 음식 보관이 큰 신경 쓰이는 일이다. 특히 생선이나 고기가 문제다. 쇠고기는 상대적으로 양이 적기 때문에 바로 바로 먹고 치우는데, 돼지고기는 사정이 좀 다르다. 이

돼지고기 저장법으로 첫째, 새우젓에 재우는 방법이 있다. 새우젓과 돼지고기를 켜켜이 쌓으면 겨울에는 한 보름까지도 먹을 수 있는데, 물론 더 오래 두고 먹으려면 간을 더 세게 해야 할 것이다. 이 과정에서 발효된 돼지고기는 부드럽기가 채소 못지않다고 하는데, 이 집에서는 특히 감자국 끓일 때 즐겨 넣어 먹는다. 옛날에는 된장으로 이렇게 돼지고기를 저장했다고 한다.

두 번째는 훈제를 하는 것이다. 주로 쑥을 쓰는데, 모닥불을 피워 그 그을음 위에서 고기를 굽는다. 그러면 고온에 의해서 순간발효가 되면서 숙성이 되는데, "새콤하면서도 감칠맛이 난다"고 한다. 그 부드러운 맛을 점심밥상의 찌개에서 맛보았던지라 쉬 수긍이 간다. 생선도 대체로 이렇듯 훈제해서 먹곤 하는데, 안혜영 씨에 따르면 "한 번 구워 놓으면 생고기보다 세 배는 오래 가고, 다시 구워도 되므로" 저장하기에도 좋다.

저장이 문제가 되니 장아찌나 절임류를 많이 하겠다 싶은데, 의외로 이 집 밥상에 장아찌류가 오르는 일은 흔치 않다. 그이 말로는 저장식품은 아무래도 짜야 하는데, 그렇게 되면 "자연 그대로의 맛을 볼 수 없기 때문"에 크게 즐기지 않는다고 한다. 또한 "제철 음식이 너무 풍성하므로 그거 먹는 것만으로도" 족하다. 물론 된장, 간장, 고추장 같은 기본 장류야 해마다 거르지 않고 담으며, 손님들이 곧잘 사오는 전어 따위로 젓갈을 담아 먹기도 하지만 저장식품을 위해 따로 시간을 낼 만큼 열을 내지는 않는다.

이 집에서 겨울에 만들어 먹는 것에 '청국장 두부 치즈'가 있다. 이름도 생소한 이 음식 만드는 법은 의외로 간단하다. 우선 청국장을 띄워 소금간을 한다. 장이 너무 되직하면 끓였던 물을 식혀서 부어도 좋다. 다음에 두부를 2센티미터 정도 두께로 썬 다음, 청국장과 두부를 켜켜이 쟁인다. 이것을 익혀서 먹으면 되는데, 된장과 두부가 어우러진 맛이 우유로 만든 치즈 못지않게 고소하다고 한다. 자주 해먹는 것은 아니지만 한번 만들어 놓으면 밥 반찬으로도 먹고 쌈장으로도 먹는다.

식품 보관이 문제가 되고 저장식품을 별로 좋아하지 않으니 거의 "즉석" 음식이 많을 수밖에 없고, 따라서 안혜영 씨는 늘 이것저것 "실험"하느라 바쁘다. 하루가 멀다 하고 찾아오는 손님들 모심으로 "마음먹었던 대로 식단이 제대로 안 되는" 날이 허다하기는 하다. 하루에 한 끼만 먹고자 했다가도 손님이 오면 할수없이 두 끼를 채우게 되거나, 그들이 들고 오는 생선이며 고기를 상에 올리지 않을 수 없으니 말이다.

그런 중에도 그이는 세심한 눈길로 밭과 산을 훑어 가지가지 재료들을 건져내고, 야문 손으로 별의별 먹을거리들을 장만한다. 다식이며 강정은 겨울이면 늘 준비하는 음식이며, 밀가루를 송편처럼 빚어 만들거나 달걀을 풀어 반죽해 부치는 밀개떡도 그런 먹을거리의 하나다. 또 막걸리를 거르는 과정에서 액체가 요구르트처럼 되는 상태에 이르면 이를 "쌀요구르트"라 해서 즐겨 마신다.

아랫동네 재각을 관리하며 사는 김동영과 최은주 부부는 이 집에서 "신기한 음식" 구경을 곧잘 한다는데, 고등어국수는 참말 이 집이 아니면 먹어보기 힘든 음식이 아닐까 싶다. 생선에서 가장 맛있는 부위가 뼈고, 그 다음이 내장, 껍질, 살이라 한다. 그 맛있는 것들을 흔히는 버리

고 마는데, 이 집에서 그런 일은 있을 수 없는 일인즉, 우선 고등어를 통째로 곤다. 이때 지느러미까지 버리지 않음은 물론이다.

오래 고아 마치 통조림 같은 상태가 되면 여기에 마늘, 파, 양파 같은 기본 양념과 함께 감자나 고구마, 호박, 때로 토란대 말린 것을 넣고 삶는다. 추어탕 끓이는 것과 흡사하니, 시래기를 삶아 넣어도 좋다. 된장으로 맛을 내고 고추장이나 고춧가루를 좀 섞어 되직해지면 다시 끓인 다음, 이 국물에 국수를 넣는다. 칼국수가 젖은 경우에는 물이 그리 많지 않아도 되는데, 물이 좀 많다 싶으면 된장을 좀더 넣어도 좋고, 마른 국수일 때에는 물을 좀 많이 넣고 간을 엷게 한다.

가난 속에 재미가 있다

땅의 숨통을 찾고 자못 흐뭇했던 한원식 씨는 이내 제 숨통은 여전히 막혀있음을 깨달았다고 한다. 시장경제에 제 농산물을 내맡기고 있던 탓이었다. 자본의 논리에 휘둘리는 한 결코 제 숨통이 트일 수 없음을 깨달은 그는 이후 제 논밭에서 나는 농작물을 팔지 않는다. 땅에서 나는 생명들을 경제 가치로 재고 값을 매겨 사고파는 것은 힘의 논리가 우세한 방식이니, 밥이 그렇듯 나눔의 원리가 뿌리가 되며 일상이 되는 바른 삶을 꿈꾸는 그로서는 받아들일 수 없는 삶의 방식인 것이다. "숨통이 트인 삶"을 살게 되면서 그는 돈은 벌지 못했지만 그 대신 자연 안에서 누리는 자유로운 삶이라는 더 큰 선물을 얻었으니,

그 기쁨을 나누고자 한때 제천에서 몇몇 뜻을 같이하는 사람들과 모여 '자연학교'를 만들어 살았던 일도 있다.

스스로 "씨 뿌리는 삶"이라는 그의 삶을 그대로 선뜻 좇아 살기는 쉽지 않을 성싶다. 그러나 적어도 "갈지 않아야 하는데 갈고, 먹지 않아야 하는데 먹고, 전부를 먹어야 하는데 부분을 먹는" 것은 바르지 못한 삶이라는 말에는 주의깊게 귀를 기울여야 할 것이다. 드물기는 하나 이런 가치를 배우고 삶을 본받아 실천하는 농부가 되려는 젊은 사람들이 한둘씩 모여들고, 일대에 터를 잡아 눌러앉기도 하는 것이 그로서는 즐거운 일이 아닐 수 없겠다.

떠날 채비를 하는 일행에게 이 댁 부부는 다투어 가지가지 씨앗을 나누어준다. 올겨울에도 나무하랴, 촛불 켠 방 안에서 가을걷이 손질하랴, 끊이지 않는 손님 모심하느라 안혜영 씨 말을 빌면 여전히 "뒤돌아볼 새 없이" 지낼 것이다. 그러나 "세상적으로 가장 가난하게" 보이는 그 삶이 "재미있다"는, 그 정신은 가장 풍요로울 이들이니, 올 겨울에 이 집을 찾는 손님들은 맑고 순박한 한원식 씨 눈매에서 그 삶의 깊이를 느낄 수 있을 것이다.

그리고 밥상. 추운 날, 더운 음식 쉬 식을까 안주인이 미리 데워 놓은 그릇들에 담긴 따뜻한 음식을 모시게 될 것이다. 홀태로 훑어 낸 갖은 곡식으로 지은 밥, 마른 열매와 잘 말린 나물과 예닐곱 가지 되는 김장김치가 소담스레 올려지고, 땅콩이나 야콘 한 접시 곁들여 더없이 풍성하고 아름다운 밥상을 받을 것이다.

전북 변산 박형진

밥은 시

변산반도 모항 사는 이 토박이 농사꾼은
글 잘 쓰는 시인으로, 음식 솜씨 좋기로 소문이 났다.
어릴적 어머니 치마 꼬랑지 붙잡고 다니며 보아두었던 것을 그대로 되살려
장을 담고 젓을 담는 솜끝이 옹골차다.
바다가 죽고 세상이 변해 어촌 음식의 원형질이 깨어진 것이 가슴 아프다.

부엌 얘기부터 하자. 이 집은 요사이 보기 드문 재래 부엌을 집 앞에 달아매었다. 처음 이 집을 찾았을 때, 잘 다져진 흙바닥이 어찌나 정갈하고도 살갑던지 방을 마다하고 불길이 잦아들고 있는 아궁이 앞에 주저앉았다가, 주인이 막걸리 안주 삼아 불쑥 내준 꼴뚜기젓인지를 맛보게 되었다. 어렴풋한 기억에 파 마늘 다져 넣고 고춧가루 벌겋게 넣어 무친 그 젓갈 한 점을 입에 넣자마자, 맵싸하면서도 짭짤한 맛에 느닷없이 밥 생각이 간절해져서 밥 때가 아님에도 염치를 무릅쓰고 밥을 청해 한 그릇을 뚝딱 비워냈다. 젓갈은 밥도둑이라고 그 감칠맛도 물론 뛰어났지만, 그 부엌이 아니었다면 그토록 맛났을까.

그때 그 젓갈 만든 이가 집 주인이라는 것을 알고 놀라기도 했는데, 그 남정네, 박형진 씨가 제 고향에 붙박아 살면서 농사짓고 시 쓰는 농부시인으로 널리 알려졌다는 것은 이미 알고 있었으나, 음식 만들기 좋아하고 나아가 그런 이야기를 책으로 써 펴내기까지 했다는 것은 그 뒤에 알게 된 사실이다.

어쨌든 밥맛 돋우던 그 젓갈이 새삼 아른아른하여 변산반도를 거의 한 바퀴 돌아 모항 박형진 씨 댁을 다시 찾은 것이 설을 코앞에 둔 섣달 보름께다. 큰 길이 가로막고는 있다지만 바다를 앞에 두고, 뒤로는 변산에서 갈라져 나온 '불붙은 몬댕이'며 '뺑끼골'이니 하는 높지 않은 산을 뒤로 두르고 있는 터가 안온하다. 거기에 주인이 몸소 지은 나즈막한 흙집이 잘 어우러들어 그림같이 아담하다는 생각이 드는데, 집 앞에 펼쳐진 천 평 밭에서는 맵찬 겨울바람 속에서 파릇파릇 싹 틔운 양파며 마늘이 가조롱하다.

그 부엌, 다시 보아도 세간은 허름할지언정, 돼지비계와 솥 밑의 그을음으로 문질러 가마솥은 반지르르 윤이 나고, 판판한 흙바닥은 먼지 없이 깨끗하니, 이 깨끔하고 정겨운 곳에서 만든 음식이 어찌 맛나지 않을 수 있을까.

이 날 밥상에 아쉽게도 젓갈은 오르지 않았다. 그러나 동네 아이들을 모아 유치원 하랴, 마을 사람들 요가 가르치랴, 하루가 바쁜 안주인이 손들 오는 줄도 모르고 있다가 부리나케 차려낸 밥상은 한겨울 농부의 밥상답게 조촐하고 깔끔하다. 김장 배추김치와 동치미 옆에 이웃에서 얻었다는 갓김치가 가지런하고, 감자조림, 깻잎장아찌와 고춧잎 장아찌가 둘러싼 가운데 얼마 전 장모님이 사들고 오신 조기로 바특하게 끓여낸 조기매운탕이 먹음직스럽게 놓였다.

갓김치와 조기매운탕을 빼면 이 집에서 농사지어 만든 음식들이니, 찬찬히 맛을 좀 보자. 장아찌들은 간장과 물을 섞고, 멸치액젓을 조금 넣어 간을 맞춰 끓여 부었다는데, 장아찌라고 믿기지 않을 만큼 모양이 흐트러짐 없이 생생하고, 깻잎과 고춧잎의 풍미가 살아 있으면서도 삼삼한 장 맛이 썩 잘 어울려 개운한 밑반찬이 된다.

감자조림은 집 주인이 워낙 감자를 좋아하여 곧잘 해먹는 음식이다. 씨알 잔 조림용 감자를 구하지 못해 큰 감자를 큼직큼직하게 썰어 오로지 간장과 물만 넣고 졸였다고 하는데, 이 또한 삼삼하고도 달지근한 것이 여간 맛있지가 않다. 조선간장과 함께 "달달한 맛"이 있는 왜간장을 섞어 썼다고 하니, 엿이나 설탕 따위를 넣지 않았음에도 단 맛이 도는

것이 그 때문인 것 같다.

요즘에야 김치 냉장고가 있어 사시사철 변함없는 김치 맛을 즐길 수 있다지만, 어디 땅에 묻은 항아리에서 막 꺼내 올린 김치 맛에 견줄 수 있으랴. 겨우내 무르익은 깊은 맛이 우러나 한창 맛있을 때가 이맘때다. 과연 잡젓을 넣어 담았다는 배추김치는 "칼칼해야 맛있다"는 주인의 입맛 따라 청양고추를 섞어 쓴 덕에 맵싸하면서도 맛깔진데, 싱싱함이 겉절이 못잖아 아삭아삭 씹힌다.

동치미는 또 어떤가. 집 주인 말로는 "익어서 설 전 한 이십 일을 맛있게 먹는다"고 하니, 이즈음이 딱 그때다. 생무와 배추, 양념을 켜켜로 놓고 소금물 간 맞춰 붓고, 사카린이나 뉴 슈가를 살짝, "넣는 시늉만" 하듯 넣고는, 대나무 잔가지를 똑똑 끊어다 위를 덮고 하루쯤 지나 간이 죽으면 물을 부어 담았으니, 무와 배추는 간간하니 생생하고, 국물은 시원하고도 달디달다.

이와 흡사한 '싱건지'라는 것도 이 집에서는 곧잘 해먹는다는데, 생무를 이파리째 끊어내지 않고 그대로 씻어서 소금에 굴리지 않고 담되, 아무래도 동치미보다는 "좀 허름하게 담으니까 양념도 좀 덜 들어갈 거다". 동치미보다 좀더 싱거워서 담고 두 주일쯤 지나면 먹을 수 있다고 하니, 겨우내 긴긴 밤 군것질거리로는 오히려 동치미보다 더 나을 성싶다.

"온갖 물산이 버글버글한" 보리누름철

젓갈을 직접 맛보지는 못했으나, 색다른 이름을 새겨들었으니, 잡젓이다. 젓갈이라면, 그것도 김장에 넣을 젓이라면 으레 멸치젓이나 새우젓, 더해봐야 까나리액젓, 황석어젓 정도나 꼽을 수 있는 깜냥으로는 생소한 이름인데, 박형진 씨에 따르면 잡생선으로 만든 젓갈이라는 말이다.

잡젓을 설명하자면 오뉴월, 보리누름철을 먼저 말하지 않을 수 없다. 보리누름철이란 보리가 익을 때라는 말로, "햇빛도 따뜻하려니와 태풍도 오기 전"이니 뭍이든 바다든 "온갖 물산이 버글버글한" 때다. '농부가'에서 "오뉴월이 당도하면 우리 농부 시절이로다" 읊은 것은 초목이 무성한 가운데 그만큼 할 일이 많다는 뜻이겠거니와, "고기 반 물 반"인 바다에서도 그물질이 바쁘고 덩달아 파시가 생기는 것이 이 때다.

이때 멸치처럼 삶지도 못하고 구워 먹거나 회 떠 먹기도 어중간한 고너리니 띵팽이니 하는 이름도 야릇한 물고기들이 많이 잡힌다. 이들을 모아 담는 것이 잡젓이다. 여기에 중하가 적당히 섞여야 한단다. 그래야 젓이 삭으면서 색깔도 "젓답게" 불그스레해지고 더욱 맛깔스럽게 된다는 것이다. 젓이 다 그렇듯이 잡젓도 이 젓거리들을 소금에 절여 놓으면 된다.

젓을 담을 때는 되도록 작은 독이나 통 여러 개에 나눠 담기보다는 큰 독 하나에 한꺼번에 많이 담도록 한다. 그래야 발효가 잘된다. 장아찌나 지 종류가 그렇듯 젓갈도 혐기성 발효 식품에 드는데, 그의 경험으로는 작은 통에 나눠 담으면 아무래도 공기에 노출되는 면이 많은 탓인지 잘 익지를 않았다고 한다. 하긴, 독에서 김치를 꺼낼 때도 속에 것부터 꺼내지 않는가. 독이 클수록 맛있다는 것을 쉽게 이해하겠다.

또 김치 독이며 장독을 따로 두듯이 젓 항아리도 따로 정해놓는 것이 좋다. 독 맛이란 게 있기 때문이다. 젓갈이 짠 것을 두고 건강에 좋네 안 좋네 말들이 많지만, 그의 생각으로는 젓갈이 "짠 것만은 아니다". 물론 짜야 젓갈인 것은 사실이되, 그 짠 속에 맛이 있으니, 계속 젓갈을 담아 그 맛이 은은히 밴 독 맛 같은 것도 그 하나다. 젓 독은 그늘에 두되 온도 변화를 최소한으로 해주는데, 이렇게 담은 것이 제대로 발효되고 맛을 내려면 "최소한 일 년은 버팅겨야 한다." 시장에서 파는 젓, 특히 액젓은 거개가 일 년이 안 되어 나온 것들이 많다고 한다. 길어야 반 년 정도 두었다 내놓는데, 빨리 삭히기 위해서 소금을 덜 치고 햇볕에 노출시켜 놓으면 되긴 하겠지만, 제대로 잘 익은 젓이라 할 수는 없겠다.

잡젓도 이렇게 일 년 이상 잘 익히면 삼삼하여 그대로 상에 내기도 하고, 국물을 받쳐 달여 김장에도 쓰며, 장아찌에도 쓰인다. 이 집에서 즐겨 먹기로는 고추장아찌와 고춧잎장아찌가 있다. 서리 오기 전 잘 영근 풋고추와 고춧잎을 따서 고추는 잡젓에 박아 넣고, 고춧잎은 따로 항아리에 착착 집어넣고는 젓국물을 붓고 돌로 꽉 눌러 놓는다. 그러면 이듬해 5월쯤 되면 짭짤한 반찬이 나오는 것이다. 이걸 꺼내어 바로 그냥 먹기도 하고, "손님들 와서 얌전을 좀 내야 될 필요가 있다" 하면 참기름을 치고 통깨 뿌리고 고춧가루 좀 넣고 해서 깔끔하게 무쳐 낸다.

아마도 젓갈 중에서 가장 널리 쓰이는 것은 멸치젓일 테다. 그에 따르면 멸치젓이 "아주 폭 익어 버려서 말간 젓국물을 얻을 수 있다면" 그걸 또 가라앉혀서 얻어내는 생젓국이 "순정한" 액젓이라는 것이다. 이처럼 달이지 않은 액젓은 발효음식에나 쓸 일이지 막조리할 때는 넣지 않는다. 시중에 멸치액젓이라고 나온 것들 중에는 간혹 젓국을 빼고 남은 젓 찌꺼기에 물을 부어 소금이며 감미료 등을 넣어 끓여 파는 것도 있다는데, 이 동네에서 그런 젓 찌꺼기는 그대로 물을 치고 소금을 좀 넣어 달여 간장으로 쓴다. 젓간장인 셈이다.

깔끔한 맛을 내어 김장 김치에 필수적인 젓감으로 꼽히는 새우젓은 젓갈 중에 가장 소금을 많이 쓴다. 새우 껍데기에 막혀 소금 간이 배는 게 쉽지 않으리라 짐작이 가는데, 박형진 씨에 따르면 소금을 조금 넣으면 새우가 다 문드러진다. 그러고 보니 새우액젓이라는 건 본 일이 없으니, 몇 년이 되도록 본디 모습이 온전하자면 생각건대, 마음먹고 소금을 되질러야 하겠다. 이 또한 저온에서 적어도 일 년 이상 묵혀야 함은 물론이다.

이런 경우가 아니면 새우는 양념젓으로 많이 쓰인다. 흔히 양념젓이라 함은, 젓감을 소금에 질러 뒀다가 익으면 그때부터 먹을 때마다 꺼내 양념해 먹는 것이다. 시중에 나와 있는 조개젓이니 오징어젓, 아가미젓 등이 다 그런 경우인데, 황석어젓은 따로 양념 안 하고 먹기도 하고, 조개젓은 이렇게도 저렇게도 두루 해먹는다.

이와 달리 박형진 씨가 말하는 양념젓은 처음부터 양념을 해 익히는 것이다. 주로 보리새우나 굼벵이 새우 같은 것들을 갈아서 바로 마늘,

통깨, 소금 버무리고 고춧가루 넣고 버무려 두는 것이다. 그냥 먹기에는 좀 짜다 싶게 간을 맞춰 호박단지 같은 데에다 밀봉해 두면 보통 일주일에서 열흘이면 먹을 수 있다. 일반 새우젓보다 훨씬 빨리 익을뿐더러 맛도 있어서 곧잘 담아 먹는데, 그대로 밥에 쓱쓱 비벼 먹거나 상추쌈장으로 즐겨 먹는다.

가을에 나는 꼴뚜기며 초겨울에 나는 백어라고, 뱅어와 비슷하지만 좀더 크면서 마치 갓 지은 쌀밥 자르르 윤나듯 그렇게 투명한 생선이 있는데, 이도 많이 잡히면 삶지도 못하고 회로 마냥 먹을 수도 없고, 매일 무 비져 넣어서 국 끓여먹을 수도 없는 노릇이니 이렇게 양념젓을 해 놓고 먹는다.

칠산어장이 코앞이다

사실 보리누름철의 가장 대표적인 생선은 조기로, 그 또한 "탁월하다"고 친다. 동해에서 잡히는 명태가 고사상의 필수품이라면 조기는 젯상에 없어서는 안 될 생선이니, 그 때문에라도 귀한 대접 받거니와, 이 무렵의 조기는 육질이 향긋하고 쫄깃쫄깃하여 그 담백한 맛이 더한층 빼어나다. 왜 그럴까. 이 무렵에 바다에서 나는 생선들 거개가 그렇듯이 산란기를 앞둔 때라 알이 가득 차고 통통하니 살이 쪘기 때문이다. 알을 낳기 위하여 동지나해에서부터 연평도까지 가는 조기들이 오뉴월, 한창 알을 가득 배고 다다르는 곳이 어디냐, 바로 변산 앞 칠산 바다다. 그 이름난 영광굴비의 주어장, 칠산어장이 이 집 앞바다인 것이다.

칠산어장은, "변산의 얼굴"이랄 수 있는 격포를 중심으로 영광 법성 포 앞바다에서 위도 너머 '칠미'라고 하는 섬 일곱 개를 지나 군산 앞 고군산도에 이르기까지를 "삼각으로 연결하는 안 통"의 해역으로, 우리 나라 사대 어장의 하나로 꼽히는 곳이다. 칠산어장 안에 드는 곰소만과 새만금의 너른 갯벌은 바지락이며 백합의 주산지로 유명하거니와, 그 의 집에서 내다보이는 줄포만의 줄포는 예전에는 강경과 더불어 조기 와 젓갈 시장으로 이름난 곳이었다. 그러고 보면, 이 동네 토박이인 그 가 농사를 지을망정 가지가지 젓갈이며 생선 사정에 능통하고 제 손으 로 만들어 먹기까지 하는 것은 자연스러운 일일 테다.

아무튼, 예전에 서울 쪽에서는 맛이 담백하다 하여 김치 젓갈로 조기 젓을 썼다는 말을 들은 바 있는데, 박형진 씨 알기로는 조기는 젓을 안 담는다. 대신하여 만드는 것이 굴비다. 굴비는 흔히 굽거나 쪄서 먹는 것으로 알고 있는데, 그는 먹다 남은 굴비를 물만 부어서 전골처럼 지지 기도 한다. 이를 굴비 젓국장이라 하며, "아주 반찬이 좋다".

굴비를 만들 때, 영광 쪽에서는 조기 몸, 특히 아가미 속에 소금을 치 고 절였다가 말린다는데, 그가 아는 바로는 먼저 조기를 삼삼한 소금물 에 담궈 놓는다. 쉬 부패하지 않도록 얼간을 하는 것인데, 이를 채반 같 은 데 넣어 삐득삐득하도록 말린다. 요즘에야 무조건 냉동실에 보관하 는 것으로 알고 있지만, 얼마 전까지도 이렇게 말린 굴비를 바람 잘 통 하는 그늘진 곳에 걸어두고 먹었다. 그런데 이보다 더 확실히 갈무리하는 방법을 그는 알고 있으니, 보리 항아리 속에 묻어두는 것이다.

조기가 한창 잡힐 때 뭍에서는 보리 수확철이다. 보리는 겨울에 자라는 식물이므로 성질이 차다. 그 찬 성질을 이용하는 것이다. 예전에는 통보리를 그대로 항아리에 두고 끼니마다 꺼내 찧어 먹었으니 집집이 그런 보리 항아리를 두고 살았을 터. 그 항아리에 삐득삐득 말린 조기를 묻어두었다. 조기뿐 아니라 달걀도 그렇게 두고 먹었으니, 지금으로 치면 보리 항아리는 냉장고인 셈이다.

그걸 언제 먹느냐, 한여름 입맛이 없어 쑥죽도 끓여 먹고 익모초도 짜먹고 할 때, 이 조기를 꺼내 두들겨서는 죽죽 찢어 고추장에 찍어 먹는다. 발갛게 익은 조기 살이 먹기 좋게, "씹기 딱 알맞게 물렁물렁"한데, 좀더 "격"이 맞으려면 이때 먹는 밥은 보리밥이요, 고추장은 보리고추장이어야 한다. 박형진 씨 보기에 이게 조기가 가장 제대로 쓰인 때인즉, "이렇게 먹는 조기는 약이다".

보리누름철에 또 입맛 돋우는 것이 꽃게다. 꽃게 또한 알을 가득 품고 있을 때인즉, 이맘때가 되면 뭍에서는 누렇게 익은 보리 벨 날을 앞둔 사람들이 "얼마나 보리 베기 싫으면 게가 알을 다 뱄겠나" 하고 우스갯소리를 했다. 그만큼 보리 베는 일이 고됨을 빗댄 말이다.

예전에 꽃게가 많이 잡힐 때는 우선 몇 마리를 맹물에 푹 삶아 뜯어 먹으면, "더 이상 말할 필요도 없다" 할 정도로 맛났다. 이도 질려서 반찬 삼아 먹으려면 간장을 졸여 부어 먹기도 했지만, 오래도록 두고 먹기 위한 방법은 따로 있었다. 꽃게를 한번 씻어서 뚜껑을 따고 그 뚜껑에

소금을 가득 치고는 다시 붙이는데, 그렇게 소금 안긴 꽃게들을 열 마리고 스무 마리고 작은 단지에 차곡차곡 쟁였다. 오뉴월에 담아 한 달 이상, 그늘에 두면 소금은 삭을 대로 삭고, 게는 간이 완전히 배어 한여름이 가도 꽃게가 변하는 법이 없다.

얼핏 생각하면 젓 담는 것과 다를 바 없는데, 딱딱한 껍데기 때문에 발효가 될 수 없고, 따라서 젓이 될 수도 없이 게 속살만 익는 것이다. 잘 익은 것을 한창 뜨거운 여름날 꺼내어 한 마리씩 뜯어 알도 먹고 살도 먹는데, "짜면 짤수록 맛있다." 그 짠맛이란 물론 생소금 맛은 아닐 터인즉, 폭 삭은 소금이 꽃게 살과 어우러져 내는 "최고의 담백한 맛"을 그는 물론이요, 이 동네 사람이면 누구나 잊지 못하고 있다고 한다.

그럼에도 이즈음에는 그 최고의 게 맛을 보기가 힘들어졌으니, 꽃게가 귀해지고 덩달아 값이 뛴 만큼 제 입에 넣기보다는 한 마리라도 더 팔려고 하기 때문이다. 그도 겨우 "여남은 마리, 상품으로 따지면 하품 정도" 볼품없는 놈 몇 마리 구하면 게장 담아 먹는 걸로 만족한다. 간장을 달여 붓는데, 한 서너 번, 마늘도 넣고 생강도 썰어 넣고 통고추도 넣어서 간장을 끓여 부어 삼삼하게 간이 배면, 간장은 두고 꽃게는 건져 냉동실에 보관한다. 게를 넣은 채로 두면 오래 못 가고 맛이 변하기 때문인데, 먹기 전 날 게를 꺼내 놓아 상에 올릴 때 게장에 넣는다. 이렇게 하면 좀더 싱싱한 게장을 맛볼 수 있으니, "이거만이라도 얼마나 훌륭한지" 다행스러워 한다.

아껴 젓갈 담는 마음

박형진 씨가 음식을 배운 것은 어머니로부터다. 제대로 수업을 받은 것은 아니나, 집안의 막내로 "맨날 어머니 치마 꼬리 따라 다니면서" 어머니 하는 거 보아 뒀던 것들을 나이 들어 "그 기억대로 한번 해보고"자 하는 마음을 낸 것이다. 이 집 안주인 이미자 씨가 부안 읍내 사람으로, 생선이며 젓갈에는 생소하고, 그가 보기에 입맛이 짧은 것도 그가 마음을 낸 한 요인이었겠다.

그 어머니의 손맛이 빼어났던 것 같다. "음식 맛을 찬찬히 볼 줄 아는 사람은 음식도 잘하기 마련"이라고, 그는 젓갈은 물론이거니와 간장, 된장, 고추장은 기본이고, 청국장 띄워 만들고, 감식초니 감장아찌도 거르지 않고, 때로 마른 붉은고추 넣어 달면서도 칼칼한 고추식혜 끓여 식구들 감기 안 떨어질 때 먹이기도 한다. 그가 어릴 적 마을 어른에게서 듣기로는 살림살이가 여자 손끝에서 나온다지만, 그 말이 무색하리만큼 그의 손끝 또한 야무지고 옹골찬 것이다.

그는 맛있는 음식이란 시간과 정성, 기술이 정확하게 결합이 되야 하는 것이라고 믿는다. 그런 점에서 발효음식은 가장 맛있는 음식일 터인즉, 젓을 담고 일 년이고 이 년을 기다리면서 그는 행복한 시간을 보낸다. 맛있게 익은 젓을 꺼내 놓고 "이 맛이야, 됐어" 하고 흡족해 하며 자랑스레 옆에 사는 형님네 한 보시기 갖다 드린다. 어렸을 때 입맛이 평생을 좌우한다고 푸짐이, 꽃님이, 아루, 보리, 이름도 어여쁜 네 아이들을 위해서도 그는 제 기억대로 만든 음식들을 상에 올린다.

예전에는 물고기가 참 많았다. 이름난 칠산 어장을 품고 있으니 오죽했겠는가. 곰소며 줄포만에는 조기를 잡으러 경상도에서부터 온 배들이 즐비하고, 새우철이면 일제히 황토 돛을 펼치고 바다로 나아가는 몇십 척 배들이 장관을 이루었다. 마을 앞 강에 그물만 담고 있어도 고기가 걸렸고, 복이며 우럭이 지천인지라 이즈음 횟감으로 인기있는 광어는 천덕꾸러기 취급을 받아 내다버리기 일쑤였다는데, 다 옛말이다. 거의 모든 물고기의 어획량이 눈에 띄게 줄었으니, 삼사천 발짜리 그물을 싣고 다니던 삼치잡이 배가 없어진 지 십여 년이고, 칠산어장의 이름을 드높이던 참조기는 "눈을 씻고 찾아도 씨도 보이지 않는" 형편이다.

칠산어장뿐 아니라 우리나라 연근해에서 이런 사정은 매한가지고, 해물조차 수입산이 활개를 치는 판이니, 갯가 사람답게 생선이며 젓갈 좋아하는 그도 옛날만큼 재료가 제대로 공급이 안 되는 탓에 그렇듯 무성히 입맛 따라 먹지는 못한다. 바다에 나가는 이웃에게서 "좀 갖다 먹어"라는 소리를 들으면 제 밭에서 딴 호박 한 덩이나 고추 한 박스 갖다 주고는 얻어오는 생선이란 게 어디 제 양껏 젓 담을 분량이나 되겠는가. 그저 섭섭지 않게 맛이나 보는 정도일 터인데, 그거나마 "오래 두고 맛을 보기 위해서" "아껴" 젓을 담는 것이다.

옛말에 나라에 흉년이 들어도 어촌에서는 먹고 살았다 했는데, 바닷가에서 그처럼 포실하게 먹고 사는 사람은 그리 많지 않은 듯하다. 또한 그가 보기에는 어촌 음식의 원형질이 깨어진 지 오래다. 예전에는 바닷일하면서도 밭 한 뙈기 안 가진 사람이 없어서 양념거리는 할 수 있었으나, "개발 바람이 불면서 땅금 오르고" 나자 "죄다 팔아먹었"으니, 푸성 귀조차 사다 먹는 형편이 되었다. 농사 짓는 사람은 사정이 다를까. 한 울공동체 회원인 그는 칠백 평 밭에 가득한 양파를 한살림에서 모두 거 두어가기로 한 만큼 한시름 놓고 있는 형편이지만, 그렇지 못한 사람에 게 "농사는 도박"이니, "먹고살기 어려운데 그런 데 신경 쓸 여유가 없 다"고들 한다. 그 심정이 이해는 간다. 그러나, 자기가 힘써 하면 조금 씩이나마 제 손으로 심고 거두고 만들 수 있는 것조차도 대부분 시장에 가서 사다먹는 풍속이 그는 서운하고 안타깝다.

지난 스무 해 남짓 해마다 그랬듯이 올 겨울에도 그는 지역 주민들을 대상으로 한 풍물 강습을 한다. 지역 풍물패 상쇠를 맡아 밭 갈고 글 쓰 는 틈틈이 명절이나 지역의 큰 행사에서 풍물을 치고, 각 마을에 굿패 만들 수 있게 겨울이면 강습을 계속하는 것은 세시명절에 마을에 굿소 리 끊이지 않게 하자는 마음에서다. 그 마음은, "노동과 음식과 놀이가 제각각으로 미쳐서 돌아가는" 이 시대의 도도한 대세를 거슬러, 흙바닥 에 아궁이 고집하며 불 때서 밥하고, 방 덥히고, 밥솥에 찌고 아궁이 불 에 굽고 끓이면서 음식 하고, 찬찬하게 갈무리하고, 아껴서 젓갈 담는 마음과 다를 바 없어 보인다. 그런 그가 요즈음에는 나이 쉰을 앞두고 이제사 알콩달콩 사람 사는 맛을 알겠노라 한다. 아하, 그의 집에 곰삭 은 젓 맛 같은 감칠맛이 배어 있는 것은, 그 집이 그 사람인 양 그리도 잔잔하니 정겨워 보이는 것은, 그런 소박하고 미쁜 마음 때문인가 보다.

경기 벽제 동광원

밥은 기도

벽제 동광원은 이현필 선생의 뜻을 따라 나를 낮추고 다른 이를 공경하며
땅에서 나는 것에만 기대 사는 수녀님들이 50년을 일군 곳이다.
농사를 기도로 여기며 순정하게 땅을 일구어왔으니
헛된 기쁨에 얽매이지 않는 자유를 누리는 이들이 차리는 밥상이 이런 것이다.

동광원. 괄호 열고 수녀원, 괄호 닫고. 달랑 두 단어가 박힌 작은 나무 팻말 하나가 길 가로 얌전히 비켜서 있다. 동광원이 수녀원이던가. 의문도 잠깐, 그 팻말에 그려진 화살표 따라 오솔길 꺾어드니, 예가 바로 별유천지로구나, 하늘이 탁 트이며 눈 시원한 풍광이 펼쳐진다. 멀찍이 앞에 보이는 듬직한 산이 계명산이렷다. 그 산에서 내려오는 물 맑은 계곡을 사이에 두고 한쪽으로는 조촐한 집이 두어 채 앉았고, 맞은편으로는 비탈 따라 널찍널찍 밭이 펼쳐졌다. 한로, 상강도 지난 늦가을, 산이며 들이며 완연한 가을색으로 투명하기만 한데, 밭을 보아라.

밭가에 들깻단 채곡채곡 쌓였고, 한 구석에 미처 거두지 못한 토란대가 토란 캐낸 자리마다 나란히 누웠는데, 참으로 가지런한 것이 밭주인의 깔끔한 손길을 느끼겠다. 밭 가운데 우뚝 선 참나무 아래 딸기는 싱싱한 잎을 자랑하고 있고, 저쪽에 씩씩하게 선 것은 배추로구나. 배추 옆에 불끈불끈 머리를 솟구쳐 푸릇푸릇한 것은 보나마나 무고. 가을걷이는 엔간히 끝났으되 너른 밭에는 여전히 풍성한 기운이 가득하다.

거대한 베드타운인 신도시 일산이며 원당이 지척이 아닌가. 고양군이 시가 되는 그 대단한 개발 바람을 오솔길 하나로 등진 채 살가운 시골 정경을 오롯이 담고 있는 이 땅이, 대도시 외곽지대의 본데없는 풍경으로 지친 눈에 반갑기 그지없다. 풍경뿐인가. 환히 웃으며 손들을 맞아주는 나이든 여인네들을 보니, 고향집에 온 것 마냥 마음이 누그러지고 훈훈해진다.

땅에서 나는 것으로 자립을 이룬다

　　　　　　　　수세미를 올린 계곡에 걸린 작은 다리 하나
를 사이에 두고 집 앞마당은 부산하다. 밭에서 거두어들인 곡식이며 채
소들을 갈무리하느라 손들이 바쁘다. 부엌 앞으로 달아맨 처마 밑에는
마늘이며 수수, 메조, 차조, 땅콩 들이 줄줄이 엮여 걸렸는데, 알은 굵지
않으나 단단히 여문 것들이 어찌 저리도 어여쁠꼬. 저 마늘 중 몇 접은
얼마 뒤에 심을 씨앗들이고, 나머지는 그 씨앗 품고 나올 새 열매 기다
리면서 먹을 것들이다. 잡곡들도 씨앗할 것이란다. 예전에야 맨 잡곡밥
만 먹었으나 요새는 농사도 줄었으려니와 나이든 이들 위해서라도 "좀
부드럽게 먹는다." 땅콩은 막 캐서 삶아 먹고 남은 것들로, 겨우내 볶아
서도 먹고, 말렸다가 날로 하나씩 집어 먹기도 할 것이니, 요긴한 간식
인 셈이다.

　마당에는 콩대가 펼쳐졌고, 갓 캐온 야콘과 막 뽑아낸 알타리가 한
무더기 쌓였다. 여섯 명 식구가 저마다 할 일 찾아 제 일감 앞에 앉았는
데, 콩대 앞에 할머니 한 분이 앉아 곰곰히 손으로 콩대 헤쳐가며 콩을
고른다. 씨로 남길 것, 양식할 것, 메주할 것을 가려내는데, 노린재 때문
에 수확이 줄어들어 걱정이란다. 지난해 두 가마니 나온 중에 겨우 서
말 메주해서 장 담았으니, 올해는 그만 할까.

　야콘은 농사가 잘되어 걱정이다. 여섯 식구 먹기에는 너무 많은 양이
니, 모처럼 효소를 담아볼까 어쩔까 궁리 끝에, 사람들 나눠주고 남는

것은 겨우내 날로 깎아먹는 간식거리로 하자 정해졌다. 알타리는 김장할 것이란다. 칼 들고 다듬는 손길이 허튼 손짓 한 번 없이 날래다. 한때는 사오십 명 대식구가 살았다니, 그 많은 사람들 세 끼 밥 차려내자면 절로 일머리가 트이고 손이 빨라질 수밖에 없었을 테다.

올해 일흔 다섯인 박공순 원장은 농사 담당이다. 젊은 시절에는 부엌일 "선수"였지만, "무엇 하나 입속에 들어가기가 손이 몇 번 가는" 부엌일 하면서 농사하기가 힘들어 그쪽은 접고 말았다. 그 나이면 밭일도 그만둠직 한데, 농사를 맡을 마땅한 다른 사람이 없으니, 아직은 그이 몸을 좀더 부려야 할 것 같다. 물론 그이 혼자 농사짓는 것은 아니다. 아흔이 넘은 할머니 두 분은 정신이 오락가락하면서도 거동이 힘든 몸을 놀려 풀을 곧잘 매시고, 오십대 "언니" 두 분이 부엌일 전담하면서 틈틈이 밭일을 거든다. 사십대 영실 언니는 가장 젊은 사람이니, 개중 가장 몸 빠릿빠릿한 탓에 농사일은 물론이요, 몸으로 부대끼는 일에서 앞장선다. 또 이즈음에는 농사를 배우려는 사람들이 꾸준히 찾아와 일도 도우며 힘을 보태주고 있어 든든하다.

속닥하니 여자 여섯 명이 이루는 이 공동체의 지줏돌은 신실한 신앙심이다. 그 신앙심의 뼈대는 기독교이되, 동광원이 지향하는 바, "나를 낮추고 다른 이를 공경"하며, "땅에서 나는 것"으로 자립적인 삶을 이루는 것을 알짬으로 한다. 그 이상을 헌신적으로 실천하며 사는 모습이 예사롭지 않으니, 바깥에서 이곳을 수녀원이라 부르는 것일 게다.

병원 가지 말자, 학교 가지 말자, 고기 먹지 말자

동광원은 일종의 기독교 공동체로, 그 창시자인 이현필 선생은 평생을 순결과 자기 완성을 목표로 살다 간 수도자였다는 평을 받는다. 그는 기존의 종교체계에 부합하지 않고 자신만의 독특한 신앙 생활을 이루었는데, 청빈하며 진실하고 결곡한 삶의 모습이 여일하여 그에 감복한 많은 이들의 추종을 받았다. 동광원이란 그가 여순반란사건 때 만든 고아원으로, 그 이름이 이후 이 공동체의 이름이 되었다.

이현필 선생은 특히 자립자족의 삶을 중시하여 스스로 농사를 짓고 제자들에게도 농사를 짓도록 했다. 그의 가르침 가운데 몇 가지, '병원 가지 말자, 학교 가지 말자, 고기 먹지 말자, 원조물자 먹지 말자' 같은 내용들은 오늘날에도 새삼 곱씹어보아야 할 명제들이다. 스승의 뜻을 좇아 동광원 식구들은 거개가 독신으로 그의 고향인 화순 도암과 남원, 함평 같은 곳에 공동체를 이루어 농사에 힘쓰며, 우리나라 유기농업계를 대표하는 이들 중 많은 이들이 동광원 출신이거나 관련을 맺고 있다. 또한 가난하고 병든 힘없는 사람들을 위한 사회사업에도 힘을 쏟아 사회복지법인을 만들었으니, 광주에는 정신장애인과 정신지체장애인들을 위한 사회복지원 귀일원이 따로 있다.

벽제 동광원은 1957년에 '자립반'을 새로 꾸리기 위하여 여자 셋이 당시로서는 산간벽지라 할 이곳에 몸을 부리면서 시작되었다. 박공순

원장은 그 세 명 중의 한 사람이었으니, 그때 한창 꽃다운 스물일곱 살이었다. 이 자립반이 생기자 그이처럼 "일생 깨끗이 살겠다"고 꿋꿋이 다짐한 많은 여자들이 모여들어 사오십 명에 이르는 대식구를 이루었는데, 이곳에 몸을 묻은 이도 있고, 광주에 사회복지시설을 갖추게 된 80년대 이후에 많은 이들이 그리 옮겨가 지금은 여섯 명이 단촐하게 남았다.

뒷산이 국유지로 귀속되고, 귀농본부 벽제 주말농장이 한 귀퉁이를 빌어 쓰는 둥 지금은 이리저리 줄어들어 삼천 평쯤 되나, 초기에 그이들이 농사지은 땅이 팔천 평쯤 되었다. 그 팔천 평이 평지더냐. 비스듬히 흘러내리는 산자락을 여자들이 달랑 호미며 쟁기 들고 달려들었으니, 소를 기르게 되는 60년대 초까지는 식구들이 죽 줄을 서서 괭이 들고 땅 파고 물길 잡고 해서 논 만들고 밭 만들었다.

게다가, 처음 이 벽지에 발 들여놓고 갓 농사를 시작할 때에는 먹을 것이 없어 풀이라는 건 다 뜯어먹고, 허구헌 날 보리죽만 먹고 지냈다는데, 그럼에도 본원에서 도와주겠다는 것을 거절했다. 자립 정신을 키워야 한다는 것이 그 이유였다니, 제 손으로 지어 거둔 것으로 자급한다는 그 심지 단단함이 경이롭기만 하다.

먹는 것은 부실해도 할 일은 얼마나 끝이 없었던지. 나무 베어와 세우고 흙을 개 발라 흙집 짓고, 새끼 꼬아 이엉 엮어 지붕도 얹고, 돌 져날라 뒷간도 만들었다. 집 뒷산자락을 곡괭이로 조금씩 파내려가 땅 깊숙이 큼직한 굴을 만들어 여름이면 냉장고로 쓰고, 겨울에는 곡식이며 고구마 따위를 들여놓는 훌륭한 저장고로 삼았다. 그뿐인가 목화를 심어 손베틀로 베를 짜서 직접 옷도 지어 입었다.

산에서 풀을 베어 식구마다 지게로 져 나르고, 거기에 인분을 섞어 열심히 뒤집으며 거름을 만들었다. 그 쟁여 놓은 거름더미를 군청에서 나와 줄자로 높이를 재가는 게 일이었는데, 어찌나 높이 잘 쌓았던지 상을 타기도 했다. 퇴비상뿐인가. 뒷산에 나무 심어 잘 살려놨다고 상 타고, 밀농사 잘했다고 일등하고, 질 좋은 콩을 25가마나 내어 또 상을 탔다. 보리를 150가마나 해서 보리상도 탔는데, 희미한 기억에 경기도 전체 대회였던지, 고양군이 생긴 이래 처음 상을 탄 것이라고 그 덕에 호롱불 켜고 살던 마을에 전기가 들어오게 되었단다. 1977년의 일이다.

여자들 손이 참 매웠던 게다. 큰 농사를 그렇듯 잘 지었으니. 그러나 그토록 큰 농사를 열심히 잘 지어도 간신히 식구들 양식 댈 정도였다. 밖에서 사 쓰는 것이라고는 소금과 비누 만드느라 필요한 잿물뿐이었으나, 하다못해 그도 돈이 필요한 일이었다. 전기가 들어왔다고 마냥 좋을 수가 없는 것이 전기요금을 내자면 또 돈이 있어야 했다. 이런저런데 드는 가용을 위해 봄이면 산나물 들나물을 산더미처럼 캐서 말렸다가 내다팔고, 메주도 가마니로 쒀서 팔고, 옷 지어서도 팔았다.

참으로 각다분한 세월이었다 싶은데, 박공순 원장은 그 시절을, 지금도 그러하듯이 "자족과 감사의 삶"을 누린 때로 그저 담담히 마음에 담고 있다.

씨앗도 손수 받고 퇴비도 직접 만든다

"농사는 자기도 없고, 세상도 없고, 자연과 하나님만 아는 이가 하는 일"이라고 이현필 선생은 말했다. "농사는 기도"라고도 했다. 그의 말대로 이들에게 농사는 고달픈 노동이 아니라 자연과 소통하고 하느님에게 나아가는 길이며, 그 길을 평화롭게 가기 위한 수련에 다름아니다.

이현필 선생은 또 저절로도 자라는 나무며 풀인 것을 사람이 진정으로 사랑해서 돌본다면 "손이 간 만큼 잘될 것"이라고 했다. "절대로 식물의 성질을 거스르거나 자연을 거슬러서는 안 된다"고도 했다. 씨앗 하나라도 아끼라고 주의를 주었고, 연장도 쓰고 아무 데나 던지지 말라, 자기를 던지는 것하고 같다고 누누이 일렀다.

벽제에 올라오기 전 한 해를 이현필 선생 밑에서 농사를 배웠던 박공순 원장은 그 애틋한 마음을 고스란히 전해 받았다. 풀은 무성하지요, 밭도 제대로 안 갈고 구덩이만 파고는 씨 뿌리고 모종 심는다고 하나님께 죄송스럽다 하는 그이를 보고 누군가가 그게 자연농법이라 하자, "굶어죽지 말라고 그런 농법도 있나 보다"고 기뻐했단다. 그렇듯 어여쁜 마음으로 밭에서 자라는 곡식이며 채소를 보니 그저 잘 자라주는 것이 사랑스럽다 여기지 않을 수 없을 테다.

농사에 대한 스승의 사랑과 걱정은 이제 그이의 것이 되었으니, 정성스럽게 토종 씨앗을 받아 보존하며, 이제까지도 무거운 몸 끌고 손수 풀 베어 퇴비를 만들어 쓴다. 그이는 또 개량 작업에도 손을 대 그이가 개

발한 호박고구마는 먹어본 사람들이 으뜸으로 치는 맛을 자랑한다. 요즘도 토종 씨앗을 구하는 이들이 심심찮게 그이를 찾아오는데, 있으면 있는 대로 나눠 주는 그이로서는 이마적에 와서 이런저런 사정으로 씨앗이 많이 없어진 것이 아쉬울 따름이다.

　그 스승도 힘써 강조했거니와, 이곳에서는 육식을 하지 않는다. "키우면 어차피 사람 입에 들어갈 것"이라 아예 짐승을 키우지도 않는다. 알 받아 팔기 위해서 한번 닭을 길러본 적은 있다. 놓아서 기른 것은 물론이요 채소 잎 뜯어다 먹이고 농사지은 부스러기 나온 거 모아 먹였더니 큼직하게 잘 자라 알도 쑥쑥 잘 낳았는데, 서른 마리쯤 되던 그 닭들도 어느 날 도둑이 들자 다 없애 버렸다.

　철철이 밭에서 나오는 곡식과 채소를 먹는 것, 이곳 밥상의 원칙이요 그 자체가 특별식이다. 제 철 아닌 음식은 찾지도 않고 입에 당기지도 않으니, 박공순 원장의 지휘 아래 씨 뿌리고 심어 놓으면 다른 식구들이 딸 것 따고, 캘 것 캐고, 뽑을 것 뽑아서, 거두어 먹는다. 지난해 봄부터 초겨울까지 이곳에서 농사일을 배우고 지금은 문경으로 귀농한 진현숙 씨의 기억으로는 이곳 식구들, 특히 박공순 원장은 "밭에서 따오면 그때 바로 먹는 것"을 철칙으로 삼으니, 아무리 맛있었던 음식도 그 재료가 밭에서 없어지면 더 이상은 밥상에서도 볼 수 없다.

담담한 토란찜과 말간 김치

　　　　　　사시사철 특별한 음식이랄 것도 없이 "그저 된장국에 김치 하나뿐"이라는 밥상 앞에 앉으니, 조촐한 음식들이 소담스럽다. 배추 귀할 때라 김치는 알타리 솎아 담았고, 구수하고 담백한 된장국은 우거지 넣고 끓였다. 표고버섯도 들었네. 12월 말에서 정월 초에 산에서 싱싱한 참나무 베어와 잘라 두었다가 봄에 종균 넣어 키운 것이란다. 여기에 밭벼 찧어낸 현미찹쌀 넣어 지은 따뜻한 밥이 있으니, 이만만 해도 밥심 키우기에 부족함이 없건마는, 우엉조림, 꽈리고추 조림, 토란이 곁들여졌고, 사들고 간 갈치도 그새 조려져 밥상 위에서 비린내를 풍기고 있다.

　　무엇보다 토란이 신기하다. 토란이라면 그저 국이나 끓여먹는 줄 알았는데, 담담하면서도 쫀득쫀득 씹히는 맛이 반찬으로도 그만이다. 밭에서 캔 토란을 흙을 깨끗이 씻은 다음에 찌고, 식은 뒤에 껍질을 벗긴다. 여기에 파, 마늘을 조금씩 넣고, 집 간장을 섞어 무쳤다가 먹기 직전에 김 올린 솥에 살짝 데운 것이란다.

　　흔히 토란 손질이 어렵다고 하는데, 껍질을 벗길 때 물에 넣지 않으면 문제가 없다고 한다. 즉, 일단 토란을 씻어서 껍질을 벗기려 하면 손이 가려운 증세가 나타날 수 있으나, 씻기 전에 껍질을 벗기면 맨손으로 해도 괜찮다는 것이다. 껍질째 찐 뒤에는 더욱 쉽게 벗겨진다고 한다. 이렇게 쪄서 냉장고에 넣어두면 생것보다 오래 보관할 수도 있겠다 싶은데, 실제로 이곳에서는 일주일치쯤을 이렇게 쪄서 두었다가 국 끓

이거나 반찬으로 낼 때 꺼내 쓴다고 한다. 생토란은 생강과 마찬가지로 흙 묻은 껍질째 큰 화분 같은 데에다 흙하고 켜켜이 놓아두는 게 좋다고 한다.

김치가 눈에 들어온다. 솎아낸 것이라 자잘하기는 하지만 살이 단단한 알타리무가 달다. 그런데 김치치고는 고춧가루가 너무 적게 들어간 것이 아닐까. 일부러 그리 했다 하니, 김치뿐 아니라 모든 음식에 고춧가루를 적게 넣으며, 마늘이며 파도 많이 쓰지 않는다. 나이 들면서 짜고 매운 것, 피하게 되는 입맛 따라가느라 그리 되기도 하였으나, 무엇보다도 종국에는 버리게 될 김치 국물이 아까운 탓에서다.

여기서 먹다 남아서 버려지는 음식은 없다. 애초에 적게 해서 알뜰히 먹으니 이제껏 음식 쉬어서 버리는 일이라고는 없었을 뿐더러, 먹다먹다 남으면 잘게 썰어 밭에 거름으로 쓰인다. "사람은 쌀 한 톨 만들 재주도 없"거늘, "하나님이 주신 음식"을 어찌 버릴 수 있을까. 그 겸허함이 또한 미쁘다.

우엉 조림도 간장을 덜 썼을까. 흔히 보는 것보다 훨씬 색이 옅다. 그럼에도 쫀쫀하게 씹히는 맛이 살아 있다. 만드는 법도 좀 색달라 보이는 것이, 우엉을 깨끗이 씻어서 껍질을 벗기고 잘게 썬다. 냄비에 우엉을 깔고 간장과 물을 적절히 붓고, 멸치를 좀 넣어서 김을 올린다. 물이 다 졸고 나면 깨소금, 마늘을 좀 넣고 엿을 또 조금 넣는데, 어쩌다가 꿀물을 넣기도 한단다.

마지막으로 따놓았던 꽈리고추도 엿을 넣고 졸였다. 프라이팬에 꽈리고추를 넣고 장을 두르고, 멸치도 좀 넣어 졸이다가 마지막에 내리기 직전에 들기름을 친다. 물은 절대 섞지 않는데, 끓어버리면 안 되므로 불 앞에 서서 지켜보면서 내 은근한 불로 졸인다. 이번에는 엿을 처음부터 간장하고 함께 넣었다고 한다. 물엿이 아니라 갱엿을 쓰기 때문이다. 갱엿은 도암에 있는 동광원에서 만들어 올려보낸 것으로, 큰 덩어리를 잘게 깨뜨려 냉장고에 두었다가 이렇듯 조림을 할 때면 조각을 꺼내 쓴다고 한다. 쫀득쫀득하니 "반짝거리는 맛"이 나는 것이 나이든 이들 입맛에 맞춤하기 때문이다.

엿을 쓰니 설탕은 쓸 일이 없다. 쓰지 않을뿐더러 아예 사지를 않는다. 모든 음식에 집 간장 쓰니 왜간장 살 일이 없는 것과 마찬가지다. 그저 "내 손으로 심고 거둔 것"만 먹는다는 말이 틀림이 없다. 1980년에 여기 들어와 가장 신참인 90대 할머니 두 분이 옛 입맛대로 비린 것 찾는 탓에 종종 생선을 상에 올리기는 하나, 본래 식구들은 "멸치 꼬랭이 하나"도 안 먹었다. 그러고 보니, 점심 밥상에 오른 갈치 조림에 젓가락 대는 이는 그 할머니 두 분뿐이었던 것 같다.

뒤늦게 반찬 또 한 접시가 올랐다. 새곰하고 짭쪼롬한 이것이 무엇인고. 묵은 오이지와 양파 장아찌를 함께 무쳐내었으니, 오이지는 얄팍하게 썰고, 양파 장아찌는 가늘게 채썰어 마늘, 파, 깨소금과 역시 고춧가루 조금 넣어 조물조물 무쳤다. 사실, 이만큼 묵은 것이라면 대개는 버리기 십상일 게다. 그걸 이렇듯 무쳐놓고 나니 찬밥에 뜨거운 물 부어 요것 한 젓가락 올려 먹으면 입맛 없을 때 간간한 반찬이 되겠다 싶다.

청포보다 보드레한 밤묵

　　　　　　　도암에서 보내주는 것이 앞서 말한 갱엿이
있고, 쌀도 있다. 수해가 난 뒤로 논농사를 포기하고 밭벼만 심는지라
이쪽 형편을 염려하여 논농사 짓는 그쪽에서 나눠먹자고 보내는 것인
데, 이즈음에는 종종 쌀을 보내주는 사람들이 있어 남을 지경이란다.

　엿은 여기서도 곤다. 설탕 없이 오로지 엿기름과 쌀로만 식혜를 만들
어서 그걸 은근한 불로 계속 곤다. 그 물이 졸아들면 얇은 쟁반 같은 데
다 펼쳐 놓아 식혀 자른다. 이때 검은콩과 검은깨를 갈아 가루를 내어
뿌린다. 엿 조각들이 서로 달라붙지 않게 하려는 것이다. 이걸 냉동실에
넣어 두었다가 간식 삼아 꺼내먹는데, 입에 달라붙지도 않고 맛있다. 식
혜는 여름에 일할 때 땀 식혀주는 음료수로도 즐겨 먹으니, 올해도 엿기
름 내려고 비닐하우스 앞에 겉보리, 쌀보리, 밀, 세 가지를 조금씩 뿌려
놓았다.

　식혜도 식혜지만 이곳에서 여름에 마시는 음료수는 그야말로 천연
'생과일 쥬스'다. 토마토, 강판에 갈아 꿀 좀 넣고 저어서 마시거나 얇
게 저며 물에 띄우고 꿀 살짝 넣어 마신다. 딸기, 냉동실에 얼려 놓았다
가 한여름에 물에 띄워서 먹을 뿐인데도 그렇게 맛있단다. 포도, 알알이
따서 즙처럼 끓이다가 한소끔 끓어오르면 물을 붓고 체에 받여서 걸러
냉장고에 넣어 두고 마신다. 싱거우면 역시 꿀을 좀 탄다.

　이렇듯 "밭에서 나는 것으로 해먹고자 하면 이것저것 해먹는" 것 중

에 귀가 솔깃한 것이 보리찰떡이다. 이곳에서는 해마다 비닐하우스에 보리를 일찌감치 심어서 보리싹이 나오면 계속 잘라 먹고 봄이 되면 밭에 옮겨심는다. 그 보리 싹을 종종 썰어 된장국을 끓여먹기도 하지만, 찹쌀 빻고 팥 삶은 것 함께 섞고 소금으로 간 맞춰 시루에 찐 것이 보리찰떡이다. 단, 그렇게 싹을 자꾸 베어 먹은 보리는 옮겨 심어도 실하지 못하더라는 게 박공순 원장의 경험이다.

손 많이 털었다고는 하나 큰일로 여전히 손꼽을 수 있는 게 밤묵 쑤는 일이다. 요즘에야 사정이 달라졌으나 예전에는 뒷산에 울창한 밤나무에서 밤이 가마니로 나왔다. 이 밤을 오래도록 저장할 수 없을까 이리저리 궁리하고 실험도 해본 끝에 가루를 내었다가 묵을 쑤는 게 제일 확실한 보존 방법이라는 결론을 얻게 되었다.

요 몇 해는 묵가루를 못했다. 몸이 마음을 따라가지 못하는 처지이긴 다들 마찬가지여서 아픈 다리 끌고 산에 올라갈 엄두를 못낸 탓이다. 올해 막내 영실 언니가 맘먹고 새벽에 산을 올라 밤을 주워온 덕에 "다들 좋아라 하며" 가루도 내고 묵도 쑤었다. 밤 묵은 공이 많이 드는 일이다. 온 식구가 낮에는 제 일하느라 바쁘고 밤에 모여앉아 함께 하는데, "손도 빨리빨리 놀려야 되고, 머리도 빨리빨리 돌아가야 된다."

껍질을 까고 비늘, 즉 속껍질까지 까서 일단 절구에 찧은 다음에 다시 믹서에 갈아 큰 자루에 받친다. 비늘이 있으면 녹말이 잘 가라앉지 않으므로 번거롭더라도 꼭 깐다. 고운 자루에 받친 내용물을 자꾸 주물러서 녹말을 빼는데, 저녁에 그리 해놓고 아침에 물을 싹 따라내 버리면 하얗게 가라앉은 녹말만 남는다. 이 녹말을 커다란 양판에 넣어 말린 것이 밤가루다. 도토리 가루가 약간 노르끄름한 데 반해 밤 가루는 하얗다. 이 가루로 묵을 쑤는데, 밤 가루 한 컵에 물 여섯 컵의 비율로 섞어 끓인다. 묵 쑤는 방법은 도토리묵이나 매한가지로 계속 저어주면 된다. 한번 가루를 내놓으면 날마다 묵을 끓인다는데, 그 "밤 맛도 약간 나고 청포묵보다 좀더 부드럽다"는 귀한 밤묵이 이날따라 밥상에 오르지 않아 여간 아쉽지 않았다.

그리고 보면 이곳에서는 가루 내는 일도 중요한 갈무리 방법인 것 같다. 도라지 가루는 봄이 돌아올 적마다 빠트리지 않고 챙겨 만들어 둔다. 기침이나 기관지 안 좋은 데 특효라는 도라지 가루는 일종의 상비약이니, 도라지를 깨끗이 씻어서 바싹 말린 다음 곱게 갈아 두었다가, 이렇듯 몸이 안 좋은 이는 도라지 가루 한 숟가락 떠먹고 물 마시고 만다. 향기롭고 단 맛이 돌기도 한다니 그냥 먹어도 맛나겠다.

여러 곡식들, 수수, 콩, 보리, 밀, 율무, 이런 잡곡들을 솥에 쪄서 일일이 펴 말려 살짝 볶아 가루 내어 섞어 먹기도 하고, 지금이야 힘에 부쳐 많이 안 하지만 감자가루도 예전에는 종종 만들어 쫀득쫀득한 감자떡을 해먹기도 했다.

헛된 기쁨에 얽매이지 않는 삶

잿물 사와 만들어 쓰던 비누를 이제는 사 쓴다. 근 반 세기를 몸을 혹사시켰으니 나이 들어 그만한 일쯤이 뭐 그리

대수로울까마는, 박공순 원장은 "못된 짓" 한다 싶어 마음이 편치 않다. 애초에 벽제에 들어올 때 마음 굳게 다잡은 것이 자립이었을진대, 몸 굳었다고 그 다짐 흐트러진 형편이 안타깝기도 하겠다. 이곳에 젊은 식구들이나 많다면 비누뿐이겠는가. 도무지 미덥지 않은 비료 푸대 안 사고도 그이 좇아 풀 베어 퇴비 만드는 듬직한 이도 개중에 있을 터이고, 수입 씨앗 사는 "기막힌" 짓 하지 않고 갖은 곡식과 채소 씨앗 받아 포실하게 농사짓는 다부진 이도 있을 것을. 철철이 담박소박한 음식 만들고 알뜰하게 갈무리하는 끔끔한 솜씨 가진 이는 왜 없겠는가.

"세상이 좋아졌는지"는 몰라도 이들의 일상은 변함이 없다. 새벽 5시면 모여 보는 예배에서 이들은 이현필 선생의 책을 꼭 챙긴다. 그 책에서도 특히 가난에 대한 부분을 많이 읽는다. 이들이 즐겨 부르는 노래는 일종의 농부가로, 농사지어 자립적인 삶을 이룬다는 내용의 노래다. 늘 가난의 미덕을 강조하던 이들의 스승은 "청빈과 순결만이 세상을 이기는 길"이라는 유언을 남겼다. 그 스승의 유언을 저버리지 않았으니, 물질이라는 "헛된 기쁨"에 얽매이지 않는 자유를 누릴 수 있는 길이 가난이라 여기며, 제 손으로 심고 거둔 것으로 참된 기쁨을 누린다.

반 세기를 자연의 섭리에 맞춰 농사지어 왔으니, "해 넘어갈 때면 만물이 기도한다"는 눈으로 세상과 자연을 보니, 이들의 삶이 어찌 평화롭고 조화롭지 않을소냐. 부디, 팻말 섰던 그 호젓한 갈림길이 개발의 명목 아래 밀려나지 않기를.

사람을 돌보고 지구를 돌보는 이웃들의 울타리 생협

> 깨끗하고 안전한 먹을거리를 어디서 구하면 좋을까?
> 믿을만한 병원, 안심하고 아이를 맡길 수 있는 놀이방은 없을까?
> 생활의 지혜와 고민을 나눌 수 있는 가까운 이웃이 있으면 좋겠어.

이런 생각을 해 보신 적 있을 거예요. 혼자서 생활에 필요한 다양한 문제들을 해결하는 것은 쉽지 않지만 여럿이 모여 같이 힘을 모으면 가능합니다. 생협은 이렇게 생활의 다양한 요구를 협동의 힘으로 개선하고 해결하기 위한 소비자들의 협동조합입니다.

그래서 생협은 안전한 먹을거리를 위해 유기농산물을 직거래하고, 학교급식 개선을 위해 학교급식 조례제정운동을 하고, 돈을 모아 공동육아를 만들기도 합니다.

생협은 이렇게 태어났습니다

왜곡된 유통구조와 기업의 일방적 횡포에 맞서 질 좋은 상품을 싸게 이용하기 위한 구매조합에 생협의 뿌리가 있습니다. 도매상들의 횡포가 심했던 농촌과 광산지역을 중심으로 1970년대 후반과 1980년대 초반에 생협은 첫 걸음을 내딛기 시작했습니다.

1980년대 중,후반부터는 붕괴되는 우리 농업을 살리고 도시 소비자는 안전한 먹을거리를 안심하고 제공받을 수 있도록 친환경농산물을 직거래하는 활동을 펴게 되었습니다.

생협은 이런 것이 다릅니다

스스로 만드는 생활공동체입니다 _ 투자자와 운영자, 이용자가 각각 분리되어 있는 일반 기업과 달리 생협은 출자와 운영, 그리고 이용이 모두 조합원에 의해 이루어집니다.

또한 기업은 이윤을 목적으로 소비자들에게 상품과 사업을 이용하게 하지만, 생협은 이용을 원하는 사람들이 스스로 설립하고 운영하는 협동조합입니다.

조합원은 모두 평등합니다 _ 일반 기업의 투자자는 보유한 주식 수에 따라 의결권이 주어지지만, 생활협동조합은 출자금액의 많고 적음에 관계없이 1인 1표의 운영원리를 가지고 있습니다. 따라서 자본의 논리를 따르지 않고 조합원의 의사와 요구에 의한 운영을 하게 됩니다.

조합원이 되면 이런 일에 참여합니다

첫번째, 조합원은 생협의 주인으로서 운영주체가 됩니다.

두번째, 생협의 가장 큰 의사결정기구인 총회에 참석하여 사업과 운영방향에 대해 발언하고 의결권을 행사할 수 있습니다.

세번째, 이사나 각종 위원회의 위원으로 참여하거나, 일상생활에서 발생하는 여러 문제를 여럿이 함께 의논하고 힘을 합쳐 해결하기 위한 활동을 할 수 있습니다.

이런 생협들이 있습니다

믿음직한 생협들을 소개합니다. 농민단체, 종교단체, 시민단체 등에서 꾸리는 생협도 있고, 생협운동의 뿌리로 성장한 곳도 있습니다. 지역 생협이 꾸려져 있거나 꾸리려고 움직이고 있으니 깨끗한 먹을거리, 대안을 찾는 일, 따뜻한 이웃과의 만남을 함께 할 수 있습니다. 생협마다 조금씩 다르지만 3만 원 내외의 출자금과 5천 원 정도의 입회비가 있습니다. 탈퇴하면 출자금은 반환됩니다.

- 가톨릭농민회 되살이 http://www.canong.or.kr ☎ 062-373-6185
- 경실련정농 생협 http://www.jungnong.com ☎ 02-404-6247
- 두레생협연합회 http://www.dure.coop ☎ 02-3283-7290
- 생협전국연합회 http://co-op.or.kr ☎ 02-324-5488
- 여성민우회 생협 http://www.minwoocoop.or.kr ☎ 02-581-1675
- 예장생협 http://www.yj-coop.or.kr ☎ 02-426-5803, 5804
- 인드라망 생협 http://www.budcoop.com ☎ 02-576-1882
- 한국생협연합회 http://coop.co.kr ☎ 032-663-2294
- 한살림 http://www.hansalim.or.kr ☎ 02-3498-3600
- 환경연합 에코생협 http://www.ecocoop.or.kr ☎ 02-733-7117

이웃과 좋은 먹을거리를 행복하게 나누는 당신이 농업을 살리고 생명을 살립니다.

유기농 대표농부 10집의 밥상을 찾아서

농부의 밥상

처음 펴낸 날 2007년 2월 5일

다섯 번째 펴낸 날 2009년 9월 25일

글 안혜령 사진 김성철

펴낸곳 소나무

펴낸이 유재현

기획한 이 안철환

편집한 이 이혜영

꼴을 꾸민 이 조완철

알리는 이 안혜련, 장만

인쇄/제본 영신사

등록일 1987년 12월 12일 제2-403호

주소 서울시 마포구 상암동 11-9 201호

전화 02-375-5784

팩스 02-375-5789

이메일 sonamoopub@empal.com

값 11,000원

ISBN 978-89-7139-814-2 03810

소나무 머리 맞대어 책을 만들고 가슴 맞대고 고향을 일굽니다.